TITAN

Collection dirigée par
Stéphanie Durand

De la même auteure chez Québec Amérique

Jeunesse

Les chiffres de Maya, Hors collection, 2019.
Trahie, Titan, 2018.
Les Aveux, coll. Titan, 2015.
  • **Finaliste, Prix de la création littéraire de la Ville de Québec, 2016.**

SÉRIE JULIE

Julie et les légendes, séries regroupée, 2015.
Julie 10 – *Julie et la chasse-galerie*, coll. Bilbo, 2014.
Julie 9 – *Julie et Alexis le trotteur*, coll. Bilbo, 2013.
  • **Finaliste au Prix Tamarac Express 2015, Ontario Library Association.**

Julie 8 – *Julie et la bête dans la nuit*, coll. Bilbo, 2011.
Julie 7 – *Julie et la messe du revenant*, coll. Bilbo, 2009.
Julie 6 – *Julie et le feu follet*, coll. Bilbo, 2008.
Julie 5 – *Julie et la Dame blanche*, coll. Bilbo, 2006.
Julie 4 – *Julie et le Bonhomme Sept Heures*, coll. Bilbo, 2005.
  • **Finaliste au Prix des abonnés des bibliothèques de Québec 2006, catégorie roman jeunesse.**

Julie 3 – *Julie et la danse diabolique*, coll. Bilbo, 2004.
Julie 2 – *Julie et le serment de la Corriveau*, coll. Bilbo, 2003.
  • **Finaliste au Prix d'excellence de la culture, catégorie jeunesse, 2004.**

Julie 1 – *Julie et le visiteur de minuit*, coll. Bilbo, 2002.

L'Univers de Marie-Soleil, Album, 2014.
Le Cri, coll. Titan, 2012.
  • **Finaliste au Prix Jeunesse des libraires 2013, catégorie Québec, 12-17 ans.**

Le Grand Vertige, coll. Titan, 2004, nouvelle édition, 2011.
Les Secrets du manoir, Titan, 2007.

SÉRIE MARIE-PIERRE

À fleur de peau, coll. Titan, 2001, nouvelle édition, 2010.
Un lourd silence, coll. Titan, 2010.
  • **Finaliste au Prix littéraire Ville de Québec et du Salon international du livre de Québec 2011, littérature jeunesse.**

LE GRAND VERTIGE

Projet dirigé par Anne-Marie Villeneuve, éditrice

Conception graphique : Karine Raymond et Nathalie Caron
Mise en pages : André Vallée
Révision linguistique : Diane Martin et André Laprise
En couverture : Photocase

Québec Amérique
7240, rue Saint-Hubert
Montréal (Québec) Canada H2R 2N1
Téléphone : 514 499-3000, télécopieur : 514 499-3010

Nous reconnaissons l'aide financière du gouvernement du Canada.

Nous remercions le Conseil des arts du Canada de son soutien.
We acknowledge the support of the Canada Council for the Arts.

Nous tenons également à remercier la SODEC pour son appui financier. Gouvernement du Québec – Programme de crédit d'impôt pour l'édition de livres – Gestion SODEC.

Catalogage avant publication de Bibliothèque et Archives nationales du Québec et Bibliothèque et Archives Canada

Latulippe, Martine
Le Grand Vertige
(Titan Jeunesse ; 56)
Pour les jeunes.
ISBN 978-2-7644-0334-1 (Version imprimée)
ISBN 978-2-7644-1538-2 (PDF)
ISBN 978-2-7644-1911-3 (ePub)
I. Titre. II. Collection.
PS8573.A781G72 2004   jC843'.54   C2003-941991-6
PS8573.A781G72 2004

Dépôt légal, Bibliothèque et Archives nationales du Québec, 2004
Dépôt légal, Bibliothèque et Archives du Canada, 2004

Réimpression : juillet 2019

Imprimé au Canada

LE GRAND VERTIGE

MARTINE LATULIPPE

QuébecAmérique

À Éloi Viens, mon filleul,
à qui j'avais promis un roman
pour son premier anniversaire…

LE PONT

Des voix s'éloignent dans la nuit ;
j'entends des cris, des rires, des chuchotements. Puis, plus rien. Je suis seul,
les mains liées, les yeux bandés. Je
n'arrive pas à y croire. Comment puis-je
me retrouver dans une situation pareille ?! Je n'ai qu'une envie : pleurer à
chaudes larmes. Pour l'instant, ça ne
servirait à rien. Et, surtout, je n'ai pas
une minute à perdre. Ou, plutôt, pas
une seconde…

Des cloches sonnent à ma droite.
Depuis que j'ai sept ou huit ans, je me
réfugie chaque soir sur le pont où je suis
présentement, alors je sais parfaitement

ce que ça veut dire. Le centre-ville est situé à quelques kilomètres de ce pont. Quand le train arrive au centre-ville, une barrière s'abaisse au croisement pour empêcher les voitures de passer et une cloche retentit. Si on est très attentif, en posant sa main sur le rail, on sent une petite vibration. Le message est clair : le train approche. S'il est déjà au cœur de la ville, il sera ici dans une dizaine de minutes. Pas plus. Je suis complètement coincé ; on m'a bâillonné et, avec ce bandeau sur la bouche, je ne peux même pas appeler à l'aide. Le pont sur lequel passe la voie ferrée est très étroit et traverse la rivière. De chaque côté des rails, quelques centimètres à peine, puis le vide. Je suis à genoux sur les quelques centimètres en question. Si je m'agite, mon corps se retrouvera suspendu dans le vide, les mains attachées aux rails. J'ai soudain une folle envie d'abandonner, d'arrêter de faire des efforts.

Je n'arrive pas à y croire. J'ai envie de hurler de rage. Tout ça à cause d'elle.

Chapitre 1
Celle qui fait ce qu'elle veut

Dès qu'elle pose le bout du gros orteil de son pied droit dans la classe, la nouvelle m'exaspère. Valérie, ma meilleure amie depuis le primaire, était en train de me parler. Elle regarde soudain vers la porte, siffle tout bas et murmure :

— Éloi, tu ne le croiras pas ! Cette fille, c'est le rêve de tous les gars de la classe. Ou même de l'école !

Je me tourne vers la porte. La nouvelle fait son entrée. Une fille comme on en voit dans les films ou les publicités. Presque parfaite. Une minijupe rouge, un chandail noir ajusté. Les cheveux noirs, lisses et longs, des yeux bleus pétillants, la démarche assurée, le sourire éclatant. Le genre de fille qui n'a jamais eu de problèmes dans la vie. C'est ce que je pense tout de suite en la voyant. Le genre de fille pour qui tout est toujours facile.

Dans la classe, le silence se fait instantanément. Miss Monde fait quelques pas, lance d'une voix joyeuse :

— Bonjour, tout le monde ! Je m'appelle Cassandre.

Cassandre ? J'ai déjà vu ce nom dans des livres, mais c'est bien la première fois que je rencontre une Cassandre. Visiblement, la nouvelle n'a aucun complexe à cause de son prénom. Elle prononce ces mots, son sourire se fait plus éclatant encore (je n'aurais jamais cru que c'était possible), et elle va s'asseoir au bureau le plus loin, tout au fond de la classe, parfaitement consciente de l'effet qu'elle produit. Difficile de ne pas le remarquer, d'ailleurs : les gars de la classe ont pratiquement tous la bouche ouverte. Tout juste s'ils n'ont pas la langue à terre. Ridicule.

Je hausse les épaules et me retourne vers Valérie pour reprendre notre discussion.

▲ ▼ ▲

La nouvelle établit son territoire en un temps record. Elle n'est là que depuis deux jours, et tout le monde l'aime. Elle arrive à l'école toute pimpante le matin, salue chacun avec ce sourire superbe qui ne la quitte pas. Je révise mon jugement un peu : elle semble très sûre d'elle, c'est vrai, mais je l'imaginais plutôt arrogante, prétentieuse. On ne dirait pas. De loin, je l'observe. Elle discute avec Félix et Cédric, parfaitement détendue, une cigarette à la main. Je déteste la cigarette.

Soudain, Cassandre lève les yeux vers moi. Je rougis un peu, m'en veux de rougir. Eh bien, oui, je la regarde, et alors ? Je ne suis sûrement pas le seul ! À ma grande surprise, elle me fait un petit sourire étrange, un peu triste, presque las. Comme si elle me disait, sans ouvrir la bouche, de ne pas la juger… Non, Éloi, là, tu délires ! Elle ne te dit rien du tout. Elle te sourit parce que tu la fixais, c'est tout. Peut-être même qu'elle se fout un peu de ta gueule en se disant qu'au fond, tu peux bien jouer l'indifférent, tu es comme tous les autres.

Je détourne les yeux rapidement. J'ai beau regarder ailleurs, il me semble que j'ai encore son sourire devant les yeux. Ça devrait être interdit d'être aussi belle.

▲ ▼ ▲

À bout de souffle, je rejoins Valérie au bord de la piscine.

— Déjà fini? D'habitude, tu fais plus de longueurs, non?

Valérie hausse les épaules en riant.

— J'ai abandonné tout espoir pour les prochains Jeux olympiques et je ne vise pas non plus le Championnat mondial. Alors quand j'en ai assez, j'arrête, c'est tout!

J'adore cette fille! Avec elle, rien n'est jamais compliqué. Depuis que nous sommes tout petits, Valérie et moi, nous nous voyons chaque jour. Nos mères étaient déjà de bonnes amies quand elles étaient enceintes, alors nous avons un peu l'impression d'avoir grandi ensemble, d'être de la même famille. Et nous avons développé plein d'habitudes communes : nous rejoindre au pont en soirée, venir nager à la piscine publique après les cours deux après-midi par semaine, faire du vélo l'été, de la planche à neige l'hiver… Nous avons à peu près les mêmes goûts, et surtout le même désir des choses simples, des moments agréables, des petits bonheurs. Valérie est l'amie parfaite !

— Tu deviens paresseuse, ma vieille… Je te mets au défi : le premier qui se rend au petit plongeoir.

Elle se lève, prête à plonger. Je ne peux m'empêcher de la taquiner.

— Tu sais dans quoi tu t'embarques, Val ? Les gars sont bien plus rapides…

Valérie fronce les sourcils et lance d'un ton menaçant :

— Je n'ai pas peur de toi, bon-homme ! Attache bien ton maillot de bain ; un, deux, trois, c'est parti !

Je plonge immédiatement dans l'eau, m'élance vers le plongeoir sans un regard derrière. Je me concentre sur mes mouvements, laisse l'eau glisser sur mon corps en souriant de satisfaction, les muscles tendus, bien concentré. Valérie est à des années-lumière de moi. Je ne sens aucun mouvement, n'entends aucune éclaboussure quand je reviens à la surface reprendre mon souffle. Sprint final : vas-y, Éloi ! Plus que quelques brasses et tu y es. Cinq, quatre, trois, deux, un…

J'émerge de l'eau triomphalement, prêt à crier victoire. Une surprise m'attend : Valérie, les doigts levés en signe de victoire, est bien assise sur le tremplin… le maillot sec ! Elle a couru jusque-là !

— Tu as raison, Éloi : les gars sont plus rapides… mais les filles sont plus rusées. N'oublie jamais ça !

— Vraiment ? Tu te trouves drôle, hein ?

Je bondis vers elle, lui attrape le bras et l'entraîne dans la piscine. Valérie se débat, tente de m'enfoncer la tête sous l'eau et, n'y arrivant pas, me lance plein de menaces :

— Arrête… sinon je ne t'aide plus en maths ! Stop, Éloi ! Sinon je ne te prête plus mes nouveaux CD.

Rien n'y fait : je la retiens et lui asperge le visage d'eau. Elle rit aux éclats, je ris tout autant. Enfin, je libère ma prisonnière.

Nous reprenons notre souffle. Elle sort de la piscine, le visage rayonnant :

— C'est pas le bonheur, ça ?

Difficile d'imaginer mieux comme fin de journée, en effet !

— Pas de doute, Val : c'est le bonheur.

▲ ▼ ▲

Valérie croque une autre graine de tournesol et me demande négligemment :

— Alors, Éloi, qu'est-ce que tu penses de la nouvelle ?

La « nouvelle », évidemment, c'est Cassandre. Miss Monde. Elle est là depuis une semaine déjà, et Valérie et moi ne l'avons jamais appelée par son prénom. Elle reste la nouvelle. Je hausse les épaules.

— Ce que j'en pense ? Elle est belle, évidemment. Il faudrait être fou pour dire le contraire. Mais ce n'est pas mon genre de fille. Trop parfaite, trop... beauté fatale !

Mon amie esquisse un sourire moqueur.

— Pas ton genre de fille ? Tu préfères une fille moins belle, c'est ça ?

— Arrête, Val ! Tu comprends ce que je veux dire...

Valérie me comprend toujours. Chaque soir, nous nous rejoignons sur le pont. Situé à dix minutes du centre-ville, le pont est une voie ferrée qui traverse la rivière. Les gens du quartier appellent ces rails le tracel. Pour Valérie et moi, cet endroit a toujours été le pont, simplement. Il est devenu, au fil des années, notre lieu de rendez-vous. Assis sur le bord du pont, les pieds dans le vide, nous nous racontons tout chaque soir, en croquant nos éternelles graines de tournesol. C'est ici que Valérie m'a consolé de ma première et seule peine d'amour. C'est ici qu'elle a pleuré sur mon épaule des soirées entières quand ses parents se sont séparés. Le pont est notre lieu de confidences. Il sait tout de nous.

— Tu lui as parlé, aujourd'hui, non? insiste Valérie.

Je ne comprends pas où elle veut en venir ni pourquoi elle insiste autant sur Cassandre.

— Oui, je lui ai parlé. Pourquoi? C'est interdit par la loi?

Mon ton est un peu raide. Je vois les yeux de mon amie se voiler. Je tente de détendre l'atmosphère par l'humour et déclare d'un ton pincé:

— Loi 203: personne ne doit parler à un étranger qui débarque à l'école en pleine année scolaire. Ledit individu n'a qu'à attendre en septembre pour qu'on lui adresse la parole. Voilà. C'est la loi.

Je tape du poing sur mes genoux. Valérie sourit à peine.

— Tu peux bien te moquer de moi si tu veux, Éloi, mais cette fille-là, je la trouve dangereuse… Elle a quelque chose qui me fait peur.

Je soupire.

— Valérie… qu'est-ce que tu veux qu'elle ait de dangereux pour moi ? Je lui ai dit trois ou quatre mots à peine et elle est là depuis une semaine ! Je pense qu'on l'a jugée trop sévèrement au départ : elle est très jolie, elle dégage une impression d'assurance incroyable, mais je ne suis pas certain qu'elle soit si sûre d'elle qu'elle le montre. Je l'ai trouvée plutôt gentille, en fait. Rien de plus. Arrête de t'inquiéter !

Je suis un peu étonné : ma meilleure amie est toujours très discrète. Elle déteste se mêler de ce qui ne la regarde pas et c'est bien la première fois qu'elle insiste autant.

— Tu veux savoir ce qui me préoccupe vraiment ? poursuit Valérie. Je vais te dire comment je vois la situation depuis que la nouvelle est arrivée. Cette fille est reine partout où elle va. Pour elle, notre classe est un échiquier. Tous les gars sont des pions qu'elle peut faire tomber quand elle le veut, d'un claquement de doigts. Et dans un coin de la classe, il y a le beau ténébreux, le grand brun qui ne lui dit pas un mot. Toi, Éloi. Il est bien plus intéressant que les autres garçons, parce qu'il n'a pas l'air de succomber à son charme. Le jeu devient tellement plus agréable ainsi ! Toute la semaine, la nouvelle s'occupe à peine de ceux qui la regardent la langue à terre et essaie discrètement d'apprivoiser le beau brun. De gentils sourires, un regard complice, juste quelques mots. Elle élabore sa stratégie. Tu es le roi de son jeu d'échecs, Éloi. C'est toi qu'elle cherche à approcher.

Je ne réponds pas. Je croque une dernière graine de tournesol et me lève pour quitter le pont. Je n'ai pas envie que Valérie me dise quoi faire, à qui parler. Elle n'a pas non plus à juger une fille qu'elle connaît à peine. Ce n'est pas son genre du tout, habituellement ; je n'y comprends rien. Cassandre n'est sûrement pas aussi machiavélique que mon amie semble le croire. J'imagine qu'une fille aussi belle crée toujours bien de la jalousie autour d'elle.

— Je dois rentrer, Val. Je pense que tu exagères, tu sais. Tu lis trop ou tu regardes trop de films. Personne ne voit la vie comme un jeu d'échecs. Ce n'est pas parce que la nouvelle est belle qu'elle est automatiquement stupide et méchante. Oublie ça, Val. Bonne fin de soirée.

Et je pars. En bas du sentier qui mène au pont, je jette un dernier regard vers mon amie : les pieds dans le vide, les sourcils froncés, elle balance des écales de graines de tournesol dans la rivière. Ses paroles tournent dans mon esprit et mon estomac se serre bizarrement. Comme si mes tripes se tordaient, affolées. Valérie croit que Cassandre se fout des autres gars (*des pions*) et que c'est moi qu'elle veut (*le roi !*). J'ai beau me répéter « Calme-toi, Éloi, ce n'est pas ton genre de fille… », j'ai la gorge un peu serrée.

Chapitre 2
Sa Majesté le roi

Il reste quelques minutes avant que les cours commencent. Quand j'arrive à l'école, Valérie et Félix sont en grande discussion.

— Eh bien, Félix, bonne chance ! lance Valérie d'un ton un peu moqueur.

Je demande :

— Bonne chance pour quoi ?

Félix grommelle une réponse que j'entends mal et baisse la tête. Je suis un peu surpris : il se tient avec Valérie et moi depuis le primaire et n'a pas l'habitude de nous faire des cachotteries. Je répète ma question :

— Bonne chance pour quoi ?

— Je… hum… je dois sortir avec Cassandre ce soir. C'est fou, hein ?! Je n'arrive pas à croire qu'une fille comme elle…

Je n'entends même pas la fin de sa phrase. Je me force à sourire et marmonne :

— Ah oui ? Bonne chance.

Valérie me regarde attentivement. Surtout, ne pas lui montrer que la réponse de Félix était comme un coup de poing en pleine face. Mon amie s'est trompée, finalement. La reine est attirée par les pions.

Je ne peux m'empêcher de me faire la leçon : « À quoi tu t'attendais, Éloi ? Parce que depuis quelques jours Cassandre vient te parler, tu pensais qu'elle n'avait pas pu résister à tes charmes ? C'est toi, le prétentieux, pas elle ! »

— Éloi ? Éloi ?

Je sursaute.

— La cloche vient de sonner. Il faut rentrer.

Je suis Valérie et Félix dans la classe. Je me dirige vers mon bureau et fais semblant de ne pas remarquer le sourire que Cassandre m'adresse au passage.

C'est bébé, je le sais, mais c'est plus fort que moi. De toute façon, elle ne devrait pas être trop perturbée. Si elle l'est, Félix la consolera.

▲ ▼ ▲

Fin du premier cours. Cassandre vient droit vers moi avec, sur les lèvres, ce sourire irrésistible.

— Salut, Éloi ! Tu m'accompagnes dehors ?

— Oui.

Je la suis, avec la pénible impression de faire docilement tout ce qu'elle veut.

— Tu as commencé à préparer l'exposé d'anglais ? demande Cassandre. Tu es avec Valérie, c'est ça ?

— Oui.

Visiblement, je ne gagnerai pas un concours d'art oratoire avec mes réponses ce matin.

— Moi, je suis avec Félix, poursuit-elle. On commence le boulot ce soir.

Du coup, j'ai l'impression de me remettre à respirer. J'aurais envie de l'embrasser. C'est ça, leur sortie ? Pauvre Félix !

—Tu fumes ?..., me demande Cassandre.

J'ouvre la bouche pour répondre non, mais elle continue :

— ... ou tu es vraiment aussi sage que tu le parais ?

Je me déteste. Je me déteste, mais je réponds que je fume parfois, évidemment. Elle a touché un point sensible. Quel gars de quinze ans a envie d'avoir l'air sage ? Aussi bien dire plate... Je tends la main et prends une cigarette. Je l'allume, prends une bouffée et me force à ne pas grimacer. Je déteste vraiment la cigarette.

Je lève les yeux et affronte le regard bleu pétillant de Cassandre. Elle semble s'amuser de la situation. Derrière elle, un autre regard insistant attire mon attention. Valérie me dévisage, l'air surpris, presque dégoûté. J'ai toujours dit que je détestais la cigarette. J'ai engueulé ma meilleure amie les quelques fois où elle m'a avoué avoir essayé de fumer.

La cloche sonne. J'écrase la cigarette, à laquelle j'ai pris à peu près trois bouffées. Valérie passe près de moi et murmure :

— Tout va comme Sa Majesté le roi le veut ?

Je ne suis pas très fier de moi.

Je ne réponds pas.

▲ ▼ ▲

Ce soir, je suis presque gêné d'aller au pont pour mon rendez-vous quotidien avec Valérie. J'ai honte ; qu'est-ce qui m'a pris de fumer une cigarette ? Bon, c'était stupide, mais ne pas aller au pont n'arrangerait rien, au contraire. Tant pis, je devrai affronter les sarcasmes de Valérie, ou même sa colère. Je le mérite.

Elle m'attend à notre refuge habituel, juste au début du pont, sur la petite dalle de béton qui permet de s'asseoir, les pieds dans le vide. Elle m'accueille sans un mot, me tend son sac plein de graines de tournesol. J'en prends une bonne poignée, elle en prend tout autant et cogne son poing contre le mien en disant d'une voix légèrement enrouée :

— Chin chin ! À la santé de mon père !

— Qu'est-ce qui se passe avec ton père ?

— Rien de spécial, Éloi. C'est juste qu'il y a six mois aujourd'hui que je ne lui ai pas parlé. Plus de nouvelles. Je sais bien que ce genre d'histoire ne risque pas de t'arriver, tes parents sont encore amoureux comme tout, mais si jamais ton père part avec quelqu'un d'autre et qu'il te jure que ça ne changera pratiquement rien, que vous vous verrez autant, qu'il sera toujours là… je t'en prie, ne le crois pas. Jamais.

J'ai la gorge serrée. Heureusement que je n'ai pas manqué le rendez-vous ! Quel égoïsme… Mes problèmes de conscience pour une pauvre malheureuse cigarette à peine fumée me semblent soudain stupides. Je ne sais pas quoi dire. Dans ces situations-là, je ne trouve jamais les mots qu'il faut. Valérie, c'est tout le contraire : toujours la bonne parole au bon moment… Assis à ses côtés, je me contente de la prendre par l'épaule et de la serrer contre moi quelques secondes. Elle murmure:

—Une chance que je t'ai…

Sa voix est mouillée.

—François en rajoute, en plus, continue-t-elle. Imagine-toi donc que ma mère a dû aller le chercher au poste de police hier soir… Je ne sais pas trop pourquoi, cette fois-ci. Je pense qu'il a fait du vandalisme dans la cour de l'école primaire du quartier.

Le frère de Valérie n'en rate pas une depuis le départ de son père. Comme si sa mère n'était pas déjà assez démolie ainsi…

—Tu sais que tu es solide, Val? Tu ne t'es pas mise à faire des conneries quand ton père est parti. Tu as de la peine, oui, mais tu n'as pas perdu la carte.

Valérie rougit un peu. Hausse les épaules. Ne répond pas. Puis, après quelques graines de tournesol, je lui demande:

— Tu as envie de marcher, toi ?

— Non. Pas vraiment… J'aurais plutôt envie de courir. Viens !

Elle se lève d'un bond et la voilà partie ! Je me mets à courir derrière elle, la rattrape facilement. J'adapte mon pas au sien, suis son trajet. Nous courons et courons pendant plusieurs minutes. Il fait déjà sombre, les rues sont pratiquement désertes, on n'entend que nos pas qui claquent sur le trottoir.

Devant l'école primaire, Valérie bifurque soudain. Elle s'élance vers le module de jeux au fond de la cour. Toujours à toute vitesse, elle grimpe la toile d'araignée, moi à sa suite. Ce n'est que rendue au sommet qu'elle s'accorde le droit de reprendre son souffle. Son sourire est maintenant calme, son regard, plus serein.

— Tu sais quoi, Éloi ? C'est grâce à toi que je ne fais pas de conneries. Parce que tu es là, parce que je peux compter sur toi.

Sa voix est encore tout essoufflée par notre course. Ému, je ne trouve évidemment rien à répondre.

— Et si jamais tu as besoin de moi, mon vieux, je serai toujours là. Tu le sais, j'espère ?

Je hoche à peine la tête, croyant que c'est une de ces questions qui ne demandent pas vraiment de réponse. Bien sûr que je le sais ! Valérie insiste. Ses yeux se font exigeants. Elle répète :

— Tu le sais ?

— Oui, Val. Je le sais.

L'air est frais, il se pose sur mes joues par petites touches. Mon corps se détend après l'effort intense de la course de tout à l'heure. La lune est presque pleine et se détache en surimpression sur le ciel sombre. Valérie a les yeux brillants d'émotion, mais pas de larmes, contrairement au début de la soirée. Le moment est parfait. Comme si Valérie avait senti le besoin de venir réparer les dégâts faits par son frère ici la veille. Comme si elle voulait opposer sa paix à la violence de François.

— À propos d'être là quand l'autre a besoin, Éloi... je dois te dire que la cigarette ne te va pas du tout.

On y est. Évidemment, c'était impossible qu'on n'aborde pas le sujet.

— S'il te plaît, Éloi, méfie-toi de Cassandre.

La magie du moment est gâchée. Je hoche la tête distraitement, sans répondre, un peu en colère. Valérie n'a sûrement pas envie de se faire faire des reproches ce soir, alors je me tais et je me dépêche de rentrer chez moi.

Pendant que je marche, ce ne sont pas les paroles de Valérie, ni ses confidences sur sa famille, ni son regard serein que j'ai en tête. Le visage de Cassandre s'étale en gros plan dans mon esprit, prend toute la place. Ses yeux bleus toujours vifs, son corps parfait, son sourire, ses cheveux noirs qui semblent si doux que j'ai du mal à ne pas y plonger la main dès que je suis près d'elle.

Me méfier de Cassandre… Même si j'en sentais le besoin, ce qui n'est pas du tout le cas, je ne sais déjà plus comment j'y arriverais.

LE PONT

Je n'ai plus la force… Je vais abandonner… Un dernier rire au loin me fait sursauter. Ah, on s'amuse ?! La situation est drôle ? Non, Éloi, n'abandonne pas. De rage, je redouble d'ardeur. Chaque mouvement me blesse davantage. Mes deux mains sont attachées par une corde rugueuse à la voie ferrée. Plus je tire, plus la corde brûle ma peau. Je suis à genoux sur les cailloux et je connais parfaitement les lieux : je sais que si je fais un mouvement brusque, je tombe. Ma gorge se bloque. J'ai du mal à respirer. La panique monte, monte…

D'abord, me calmer. Réfléchir. Me sortir d'ici.

Je respire profondément à plusieurs reprises. Je ne peux pas voir, évidemment, puisque j'ai les yeux bandés, mais je sais que mes poignets saignent. J'ai trop tiré sur la corde rêche. Réfléchis, Éloi, réfléchis…

Le train est passé au centre-ville il y a trois ou quatre minutes – si mes calculs sont bons. La panique me fait peut-être mal juger, aussi. Il peut s'être écoulé quelques secondes à peine depuis le signal d'arrêt de la barrière, tout comme huit ou neuf minutes ont pu passer. Ce qui voudrait dire que le train va arriver d'une seconde à l'autre… Mais non, pas d'affolement inutile : je n'entends rien, à peine si je sens vibrer les rails. Le train est loin. J'ai encore cinq ou six minutes pour me sortir du pétrin. Incroyable comme ça paraît court, cinq ou six minutes, quand on est agenouillé près d'une voie ferrée, les poings liés, les yeux bandés, la bouche bâillonnée.

Chapitre 3

Celui qui fait ce qu'elle veut

Quelques minutes à peine avant le premier cours du matin. Je lève la tête de mon livre. Cassandre arrive dans la cour d'école, jette un regard à la ronde, salue quelques groupes d'élèves au passage et vient vers moi de son pas dansant. J'ai envie de crier de joie. Je me retiens, évidemment.

Je me contente de lui adresser un sourire et de la regarder avancer, légère comme si ses pieds touchaient à peine le sol. Elle s'installe devant moi, me prend mon livre des mains, y jette un coup d'œil indifférent avant de le déposer par terre, à mes côtés, et me lance :

— Comme ça, on a des activités nocturnes excitantes, Éloi ?

Je reste bouche bée, absolument incapable de répondre. La seule image qui me vient à l'esprit est mon rêve de la nuit dernière : Cassandre, son corps chaud dans mes bras, sa peau douce tout près de moi. Puis je me suis réveillé, haletant, dans des draps mouillés, mais seul dans mon lit. Cassandre ne peut pas savoir ça, quand même ! À moins qu'elle ne soit sorcière.

Ne sois pas stupide, Éloi, ce n'est sûrement pas le genre d'activité nocturne dont Cassandre te parle. La tête pleine d'images troublantes, les joues en feu, je bredouille :

— Qu... quoi ?

— Il paraît que Valérie et toi, le soir venu, vous vivez de grandes émotions...

Je ne comprends plus rien. Valérie ne se confie sûrement pas à Cassandre ; elle ne lui a jamais adressé la parole. Peut-être que Cassandre nous a vus, hier soir, courir en ville ou grimper la toile d'araignée ? Elle continue en chuchotant :

— Imagine : le soir venu, quand tout le monde dort, Éloi et Valérie discutent en mangeant des graines de tournesol.

Elle éclate d'un rire moqueur. Je serre les poings sans répondre. C'est Félix, sûrement. Félix a dû lui raconter nos soirées. Je ne vois personne d'autre qui aurait pu lui en parler.

Cassandre rit toujours comme si c'était la chose la plus drôle qu'on puisse imaginer. Puis, devant mon air contrarié, elle dit doucement :

— Ne te fâche pas, Éloi. J'ai déjà vu plus exaltant, comme programme... D'ailleurs, si ça te tente, on pourrait sortir, ce soir ? Je ne te promets pas de graines de tournesol ni de grandes discussions, mais je pense que la soirée sera agréable...

Elle passe son doigt sur ma joue, un doux sourire aux lèvres, et tout est oublié. Elle m'invite !!! Je n'arrive plus à lui en vouloir de se moquer de nos habitudes, à Valérie et à moi, je n'arrive pas à lui dire que je ne trouve pas ces soirées plates du tout, je n'arrive plus à rien.

Juste à accepter l'invitation sans poser de questions.

▲ ▼ ▲

Je dois rejoindre Cassandre devant la pharmacie à 19 heures. J'y vais d'un bon pas, en pensant le moins possible à Valérie, seule sur le pont avec ses problèmes familiaux. Tout de même, je ne peux pas consacrer toutes mes soirées sans exception à mon amie, non? Tant pis pour les problèmes de conscience; Cassandre m'attend. À chaque pas, je répète à voix basse: «Cassandre, Cassandre, Cassandre...», comme une mélodie étrange et envoûtante. Éloi, mon vieux, tu es complètement fou de cette fille!

Cassandre est déjà là. Elle m'accueille avec enthousiasme:

— Éloi! Je suis contente de te voir! Viens, je vais te montrer ce que c'est, une belle soirée!

J'arrive à protester quand même un peu, mais pas autant que je devrais. On dirait que je perds tous mes moyens devant Cassandre. Je n'arrive plus à dire ce que j'aime, ce que je déteste, ce que je veux ou ne veux pas.

—Je passe aussi de belles soirées, avec Val…

Elle me jette un regard étrange, intense.

—Écoute-moi bien, Éloi : ta vie, présentement, j'ai l'impression que c'est une promenade sur une route de campagne tranquille. Tout est bien réglé, pas de grosses surprises ni de grands frissons. Je me trompe ?

Pas vraiment, non. Elle continue :

—Ma vie à moi, c'est plutôt comme si tu marchais sur un fil de fer. Le cœur te bat à cent milles à l'heure, tu risques de perdre l'équilibre de temps en temps, mais c'est tellement plus excitant ! Tu ne sais jamais ce qui va arriver, pas de grande route calme, juste des émotions. C'est ça, la vie. C'est trop court pour rester endormi, il faut tout essayer, tout connaître.

Elle lève la tête vers moi puis, doucement, tout doucement, elle pose ses lèvres sur les miennes. Je chavire. Je n'ai jamais connu une sensation aussi forte. Le baiser dure quelques secondes à peine, puis Cassandre s'éloigne, place sa main sur ma poitrine, à l'endroit où se trouve mon cœur. Les battements de celui-ci sont complètement désordonnés. Sous le coup de l'émotion, ils ont accéléré, redoublé. Cassandre conclut :

— Tu vois : ce cœur-là peut battre bien plus fort… Il n'y a pas une discussion avec Valérie qui provoque cet effet-là, pas vrai ?

Tremblant, je fais signe que non de la tête, avec pourtant l'horrible impression de trahir mon amie.

— Alors, Éloi, tu es prêt à me suivre sur le fil de fer, ce soir ? Tu n'as pas le vertige, au moins ?

Elle me tourne le dos et traverse la rue d'un bon pas. Je ne sais plus du tout où j'en suis. J'ai toujours cru préférer justement les routes de campagne aux fils de fer. Tout à coup, je ne suis plus sûr de rien. Le discours de Cassandre me fait un peu peur, mais il m'attire aussi incroyablement. Cette fille me fascine. Sans hésiter, je traverse la rue à sa suite, avec sur les lèvres le goût de son trop court baiser.

Nous marchons depuis trente minutes. Je suis Cassandre comme un idiot, sans poser de questions. Elle babille gaiement, me parle des cours, des profs, des autres élèves, mais pas un mot sur notre destination. Elle bifurque soudain dans l'entrée d'une petite maison grise, cogne un coup à la porte et ouvre sans attendre. Elle descend un escalier qui mène au sous-sol. Je suis toujours, sans dire un mot. En bas, une dizaine de personnes, plusieurs gars et deux filles, certains affalés dans des fauteuils, la plupart assis par terre. Tous tiennent une bouteille de bière. Cassandre est à coup sûr la vedette du groupe. À son arrivée, les exclamations fusent :

— Cass ! Enfin !

— Qu'est-ce que tu foutais ?!

— T'as vu l'heure ?

Sans même nous demander notre avis, un gars s'avance vers nous et nous tend à chacun une bouteille de bière déjà ouverte. Cassandre porte la bouteille à ses lèvres et en boit presque la moitié d'un coup. Elle me désigne.

— Hé, tout le monde, je vous présente Éloi. Éloi, voici ma gang.

Quelques hochements de tête, de vagues murmures qui s'élèvent, et c'est tout. Personne ne juge bon de me dire son prénom, ni de me parler par la suite, d'ailleurs.

Je m'assois sur une chaise, dans un coin, pendant que les discussions continuent. Cassandre demande :

— Platon n'est pas là ?

— Pouvait pas venir tout de suite. On le rejoint à 9 heures au hangar, répond un garçon d'une voix pâteuse.

La déception qui apparaît sur le visage de Cassandre me fait presque mal. On est ici en grande partie pour ce « Platon », je crois. Quel naïf je suis ! Je comprends comment Félix a dû se sentir quand il a compris qu'elle l'avait invité pour le travail d'anglais… Dire que j'espérais une sortie romantique avec Cassandre, une invitation à un tête-à-tête. Qu'est-ce que je fabrique ici ? À part le fait que la bière remplace les graines de tournesol, je vois mal ce que Cassandre trouve de plus excitant à ces soirées qu'aux nôtres. Et les discussions sont pas mal moins intéressantes…

Comme si elle avait lu dans mes pensées, Cassandre s'approche soudain de moi et m'adresse ses premiers mots depuis que nous sommes entrés dans cette maison. Elle tient à la main une caméra numérique.

— On part dans quelques minutes, Éloi. C'est là que le fun va commencer. On est en train de tourner un film, depuis deux semaines. Le but, c'est de s'inventer des situations bizarres et de se filmer. Génial, tu vas voir !

Elle retourne s'asseoir entre deux gars à moitié couchés sur le plancher, qui marmonnent et éclatent d'un rire stupide aux trente secondes.

Je regarde la scène : presque tout ce monde est complètement soûl. Même Cassandre a avalé quatre bières depuis qu'on est arrivés une demi-heure au plus. À chaque nouvelle bouteille, on dirait que son charme s'estompe : son regard devient flou, dépourvu de son habituel éclat pétillant. Ses lèvres sont molles, elle bafouille. Qu'est-ce que je lui trouve tant ? Visiblement, toutes ces personnes n'ont absolument rien en commun avec moi : pas une ne m'a dit un mot depuis mon arrivée. Tout le monde se fout éperdument que je sois là ou pas. Je n'ai rien à faire ici. Ma décision est prise. Cassandre pensera ce qu'elle veut de moi.

Je me lève, me dirige vers elle et lui dis :

— Je ne pourrai pas rester pour le film, désolé. Je… j'avais autre chose à 8 heures. Je suis déjà en retard.

Son regard vague se tourne vers moi. Elle m'adresse un petit sourire – je ne pourrais pas dire s'il est moqueur ou méprisant – puis grommelle :

— Eh bien, bonne nuit, Éloi.

Elle appuie bien sur le « bonne nuit » pour me montrer qu'elle ne croit pas à cette histoire d'autre rendez-vous. Je me tourne vers les autres.

— Je dois partir. Bonne fin de soirée.

Aucune réaction. Indifférence totale. Personne n'en a rien à faire, que je parte ou que je reste. Je monte les marches, prends une grande inspiration une fois à l'extérieur. Je suis en colère. Contre moi, contre Cassandre, contre sa gang. Contre le monde entier.

Il est 20 h 30. Valérie n'est sûrement plus au pont à cette heure, mais je n'ai rien à perdre à aller voir. Je m'élance en courant. L'air froid des soirées d'avril me fait du bien après l'ambiance embouncanée du sous-sol. Mes jambes se délient, le mouvement me revigore. Je me sens bien plus vivant en ce moment que tout à l'heure, avec ma bière dans les mains, seul dans mon coin. Tant pis pour le fil de fer de Cassandre. Je continue à courir d'un bon pas, mais la maison où nous étions – je ne sais même pas chez qui j'étais! – est située assez loin de chez moi, dans le quartier voisin. Quand j'arrive au pont, il est presque 21 heures. Et personne n'est assis sur la dalle, évidemment.

Quelle soirée pourrie.

Chapitre 4

La deuxième chance

Je rejoins Valérie, Cédric et Félix, plongés en pleine discussion. Valérie ne semble pas m'en vouloir pour hier. Elle m'adresse un sourire plus triste que fâché, en fait.

— Salut, Éloi.

Elle n'ajoute rien et reprend sa conversation. Je grommelle malgré tout :

— Désolé pour hier soir, Val. Je n'ai pas pu aller au pont.

Elle me regarde gravement, dit simplement :

— J'espère que tu as passé une bonne soirée.

— Bof…

Je n'ajoute rien. Cette soirée restera parmi les rares secrets que j'ai pour Valérie, parmi les rares choses qu'elle ignore de moi.

Cassandre arrive à son tour dans la cour d'école, fait mine de se diriger vers nous. Je lui adresse un signe de tête très froid et détourne les yeux. Elle hésite, s'arrête, nous salue. Cédric et Félix quittent aussitôt Valérie et vont rejoindre Miss Monde… qui, il faut l'avouer, est particulièrement jolie ce matin. Je ne sais pas comment elle y arrive : elle a dû se coucher tard, et dans un état… Rien n'y paraît. Ses traits sont reposés, ses cheveux impeccablement lissés, on aurait envie d'y enfouir le nez, ses yeux sont vifs, son sourire sublime. Elle porte un chandail incroyable, largement décolleté en V et exactement du même bleu que ses yeux.

— N'hésite pas, Éloi, lance Valérie d'un ton ironique. Tu peux aller les rejoindre.

Je m'arrache à la contemplation de Cassandre pour me tourner vers mon amie. Nous parlons quelques instants de sujets assez banals. Un malaise que je n'ai jamais connu avec Valérie s'installe entre nous, sournois, palpable.

La cloche sonne. Valérie court chercher un livre resté dans sa case. Cassandre abandonne ses prétendants et vient aussitôt vers moi. Sur ses lèvres, il y a ce même sourire désolé que j'ai aperçu, une fois. Un petit sourire étrange, un peu triste, presque las. Comme si elle me disait, sans ouvrir la bouche, de ne pas la juger... Je la regarde sans dire un mot.

— Tu es fâché contre moi, Éloi ? demande-t-elle d'une petite voix.

Je hausse les épaules sans répondre.

— Tu ne me connais pas, Éloi. Tu ne sais pas ce que j'ai vécu. Ces amis-là me connaissent depuis longtemps et ils ne m'ont jamais laissée tomber. Tu peux les juger comme tu veux, mais ce sont mes amis.

Elle part, laissant planer derrière elle une odeur incroyable. Je ne connais rien aux parfums, mais c'est fou ce que Cassandre sent bon !

Je me dirige à pas lents vers ma classe. Ma rage d'hier soir m'apparaît soudain un peu puérile. Eh bien non, personne ne m'a parlé. Et alors ? Ai-je fait un effort pour parler à quelqu'un, moi ? Ce n'était pas non plus un rendez-vous romantique. Mais est-ce que Cassandre m'avait promis quoi que ce soit ? Puis-je lui en vouloir pour ce que j'imaginais ? Je vois toute la scène sous un autre angle. Et si j'avais été injuste ? Si, effectivement, j'avais porté un jugement sur des gens que je ne connais pas ?

La tête basse, je vais m'asseoir à ma place. Je me demande si ce n'est pas plutôt Cassandre qui devrait être fâchée que je sois parti en plein milieu de la soirée alors qu'elle m'avait invité.

Je tourne le regard vers elle. Les yeux fixés sur moi, elle m'adresse une fois de plus son demi-sourire. Un sourire un peu triste, comme celui de Valérie à mon arrivée ce matin. Décidément, rien ne me réussit ces temps-ci. Je n'arrive qu'à faire de la peine aux autres.

▲ ▼ ▲

Cassandre m'attend après l'école. Je me dirige vers elle. Elle s'allume une cigarette, ne m'en propose pas. Je suis soulagé.

— Tu veux marcher un peu?

Sa voix est basse, légèrement enrouée. J'accepte son offre, évidemment.

Le printemps est bel et bien installé en ville. Plus de neige, à peine quelques flaques d'eau ici et là. Les mains dans les poches, je marche à côté de Cassandre. Je ne sais pas par où commencer. J'aurais presque envie de m'excuser de mon attitude, mais j'ai encore en tête ma colère de la veille. Elle aurait pu me parler un peu plus, chez ses amis. J'y étais allé avec elle, quand même. Je me tais et j'attends.

— J'ai droit à une deuxième chance? demande-t-elle enfin.

Surpris, je me tourne vers elle. Elle sourit, presque timidement cette fois.

— Tu ne voudras plus jamais me voir en dehors de l'école, maintenant, c'est ça?

Je lui souris à mon tour.

— Cassandre… bien sûr que je veux te voir encore! Mais sûrement pas dans ces circonstances. Je n'ai pas trouvé la soirée d'hier très réussie…

— Mais tu es parti avant qu'elle commence pour de vrai, Éloi ! Tu ne peux pas savoir.

— Peut-être.

Un silence un peu lourd s'installe. Nous continuons à marcher sans but précis. Cassandre propose :

— Tu veux sortir ce soir ?

— Non.

Ma réponse est un peu brusque, je l'avoue. Je n'ai pas envie d'une deuxième expérience du même genre. Je n'ai pas envie de laisser tomber Valérie encore. Cassandre baisse la tête, se renfrogne. Pas habituée à se faire refuser une invitation, je crois. Je reprends plus doucement :

— Pas ce soir, Cassandre, je ne peux pas. Mais bientôt.

Elle arrête de marcher, me jette un long regard troublant. S'avance vers moi. Va m'embrasser, je le sens. Je ferme les yeux.

— Eh bien, chuchote-t-elle contre ma joue, tu me le diras quand tu seras prêt, Éloi.

Cassandre ne m'embrasse pas. Elle se retourne brusquement, traverse la rue, me laisse planté là, les bras ballants, le ventre noué.

Je suis stupide. Je ne rêve que d'une chose : que cette fille m'embrasse de nouveau, et je la laisse partir. J'aurais presque envie de lui courir après, de la supplier de rester avec moi. Mais j'ai beau être complètement fou d'elle, j'ai encore ma fierté. Encore un peu de fierté, du moins.

▲ ▼ ▲

Quand Valérie arrive au pont, je suis déjà assis sur la dalle, les pieds dans le vide, un sac de graines de tournesol dans les mains. Elle ne dit rien, mais son sourire prouve qu'elle est bien contente de me voir. La discussion s'amorce facilement ce soir. Le malaise du matin a disparu. Tout rentre dans l'ordre. J'arrive même à lui parler un peu de Cassandre.

— J'ai parlé avec Cassandre après l'école. Elle m'a invité à sortir ce soir. J'ai refusé.

Valérie se tourne vers moi, les yeux grands ouverts.

— Tu te moques de moi ?

— Non.

— Tu as *refusé* une invitation de Cassandre, le rêve de tout spécimen masculin ?

— Oui.

Je ne suis pas tout à fait honnête. Valérie ne sait rien de ma soirée d'hier. Mais j'ai envie de lui dire qu'elle est importante. Que notre amitié compte. Elle reste silencieuse un moment, semble réfléchir.

— C'est parfait, Éloi. En plein ce qu'il faut faire.

— Quoi ?!

— Plus tu te montres indifférent, plus Cassandre est attirée, j'en suis sûre. Une fille habituée à ce que tous les gars lui tombent dans les bras doit aimer avoir un peu de défi, parfois.

— Encore ta fameuse théorie du jeu d'échecs, hein ?

Elle hoche la tête, croque quelques graines de tournesol, reste silencieuse.

Avec Val, le silence n'est jamais lourd. Nous pouvons passer plusieurs minutes sans dire un mot, plongés dans nos réflexions, sans que cela soit dérangeant. Ses paroles font peu à peu leur chemin dans mon esprit. Si j'étais resté hier soir sans rien dire, est-ce que Cassandre m'aurait réinvité aujourd'hui ? Est-ce que le fait que je sois parti hier l'a peinée… ou l'a blessée dans son amour-propre ? Il me semble que je ne me suis jamais posé autant de questions que ces jours-ci. Je secoue la tête, comme si ce mouvement pouvait faire fuir mes idées aussi.

— Elle s'est vite habituée à notre école, continue Valérie. Il faut dire que ce n'est pas comme un déménagement…

— Qu'est-ce que tu veux dire, Val ?

— Juste que ça ne doit pas être facile d'arriver dans une nouvelle école en avril, quand l'année est presque terminée. Heureusement, elle a assez confiance en elle pour créer de nouveaux liens. S'il fallait que ça m'arrive, tu peux être sûr que je passerais les derniers mois d'école seule dans mon coin !

— Mais tu as dit que ce n'est pas comme un déménagement, Val. Pourquoi ?

Valérie me regarde d'un drôle d'air. Comme si elle hésitait, se demandait si je pose la question sérieusement ou si je me moque d'elle.

— Parce qu'elle n'a pas déménagé, Éloi. Tout simplement. Elle allait à l'école de la ville voisine.

Évidemment… J'aurais même dû y penser tout seul. Si ses amis habitent à trente minutes de marche de chez moi, c'est qu'elle n'arrive pas du fin fond du Québec !

— Mais alors… pourquoi elle a changé d'école en plein mois d'avril ?

Valérie soupire, lève les yeux au ciel.

— Éloi, pour quelle raison, tu penses, si ce n'est pas à cause d'un déménagement ?

Je l'interroge du regard. Je ne sais pas. Vraiment. Valérie répond :

— Parce qu'elle a été renvoyée de son ancienne école, voyons. Elle a été mise à la porte.

Renvoyée ? L'image de Cassandre marchant sur un fil de fer me revient à l'esprit. Vivre dangereusement, oui, je veux bien croire, mais de là à être renvoyée ?!

— Tu penses que c'est ça, Val ?

— Je ne pense pas, Éloi. Je le sais.

Valérie change ensuite de sujet. Elle me parle de sa mère, de son frère qui s'est mis à lire assidûment des livres de philosophie et qui n'arrête pas d'en parler. J'écoute distraitement, l'esprit ailleurs. Pourquoi Cassandre ne m'a-t-elle rien dit ? Je n'ai rien demandé, mais quand même…

C'est décidé : demain soir, je sortirai avec Cassandre. J'ai beaucoup trop de questions en tête. Il me faut des réponses. Une petite voix me dit qu'au fond je cherche peut-être simplement un prétexte pour accepter son offre.

LE PONT

Je ne sais plus quoi faire… Libérer mes mains ? Impossible. Si je continue à tirer ainsi sur la corde, je ne réussirai qu'à arracher la peau de mes poignets et je saignerai encore plus. Les nœuds sont trop serrés, je ne peux pas les défaire. Compter sur l'arrivée d'un sauveur ? Impossible. Personne ne vient jamais ici. Valérie n'y a pas mis les pieds depuis des jours. Des jours qui me paraissent des siècles aujourd'hui. Le seul sauveur probable serait un de ces idiots qui m'ont attaché ici, mais je n'entends plus rien. Ils se sont bel et bien éloignés.

Personne n'est revenu sur ses pas pour me détacher. Personne.

Dernière hypothèse, la seule qui tienne la route : minimiser les dégâts. Je dois cesser de me débattre. Heureusement, ils ne m'ont pas couché sur la voie ferrée. Je suis à genoux. Si j'arrive à maintenir les mains hors des rails et à me recroqueviller pour garder mon équilibre, afin de ne pas être projeté en bas du pont, je peux peut-être m'en sortir. Rien n'est moins sûr, mais ce n'est pas comme si j'avais d'autres possibilités... J'ignore si c'est réaliste de croire que la pression exercée par le train ne projettera pas mon corps en bas du pont. Mais je devrais être fixé bientôt.

Plus que trois ou quatre minutes avant l'arrivée du train. Si mes calculs sont bons...

Chapitre 5
Scène un, prise deux

Quand je rentre à la maison, mon père et ma mère sont confortablement installés dans le salon et regardent un film. Mes parents se disputent rarement. Ils s'aiment beaucoup, ça crève les yeux. Quand mes amis me parlent de garde partagée, de famille recomposée, de leurs parents divorcés, séparés, accotés, remariés, re-divorcés, etc., je me sens presque comme un phénomène rare. Comme un des derniers de mon espèce. Dans ce temps-là, je ne dis pas un mot, et j'écoute. Je ne vais pas me mettre à leur tourner le fer dans la plaie en parlant du bonheur tranquille de mes parents. Le chemin de campagne de Cassandre me revient à l'esprit. Elle a raison. Tout est parfait dans ma vie. Chaque chose à sa place. Est-ce que c'est vraiment tout ce que j'attends de mon existence ?

— Bonsoir, Éloi ! lance ma mère à mon arrivée. Tu as eu un appel. Je t'ai mis le message à côté du téléphone, dans la cuisine.

Je ramasse le papier, sens mon cœur s'arrêter deux secondes puis repartir à toute vitesse. « Cassandre a téléphoné. La rappeler ce soir, peu importe l'heure. » Au-dessous, un numéro de téléphone. Je le compose d'un doigt tremblant. Jamais une fille ne m'a fait cet effet. Elle répond.

— Bonsoir, Cassandre. C'est Éloi.

— Éloi ! Je suis contente que tu m'appelles ! J'avais peur que tu sois fâché...

J'hésite. Fâché pour hier ? Elle me l'a déjà demandé cet après-midi. L'aurait-elle oublié ?

— À cause d'hier ?

Cassandre éclate de rire. Au téléphone, je n'entends que sa voix, je ne me laisse pas distraire par ses yeux, son sourire. Je n'avais jamais remarqué combien son rire est beau. Chaud.

— Mais non ! Fâché parce que je t'appelais même si tu m'avais dit que tu ne voulais pas sortir.

Je reste bouche bée. Je n'avais pas pensé à ça. Une autre fille m'aurait téléphoné dans ces circonstances, elle m'aurait exaspéré. Je l'aurais trouvée trop insistante, envahissante peut-être. Cassandre fait vraiment n'importe quoi avec moi ! Je ne sais pas si ça m'amuse ou si ça m'effraie…

Elle continue, un sourire dans la voix :

— Et puis, pour être honnête, je pensais que tu n'avais rien de prévu, que tu voulais peut-être simplement me punir pour hier…

— Eh bien, non, tu vois, j'étais vraiment occupé. Et je n'ai pas l'intention de te punir pour quoi que ce soit, Cassandre.

— Alors tu veux bien qu'on se voie ?

— Mais oui.

— Je te rejoins où ?

Je reste une fois de plus interloqué. *Ce soir ?* Elle veut me voir ce soir ? À cette heure, l'idée ne me serait jamais venue. Je pense aux devoirs que je n'ai pas faits encore, au nombre d'heures qu'il me reste à dormir cette nuit, et je décide d'être raisonnable.

— Pas ce soir, Cassandre. Je pensais que tu voulais qu'on se voie un autre jour. Demain, par exemple.

À l'autre bout, un court silence boudeur. Puis:

— Tu sais que c'est la deuxième invitation que tu me refuses dans la même journée, Éloi?

Je ne réponds pas. Elle soupire. Reprend d'un ton maussade:

— Demain soir, alors. Mais je n'ai pas l'habitude de mendier une rencontre, je t'avertis. Ne me laisse pas tomber demain.

— C'est promis, Cassandre. Demain.

Elle ajoute gentiment:

— J'ai hâte de te voir.

Puis, en chuchotant:

— Je t'embrasse…

Elle raccroche.

Ma poitrine se serre. Une boule se loge dans ma gorge. Est-ce que Valérie a raison : Cassandre insiste-t-elle seulement parce que je ne suis pas aussi facile à séduire que les autres ? Si elle savait à quel point je suis déjà conquis… Mieux vaut qu'elle ne le sache pas ! Je monte dans ma chambre, m'installe à ma table de travail.

J'aurais dû accepter l'invitation de Cassandre ce soir. J'ai l'esprit en déroute, la concentration complètement nulle. Je n'arrive pas à faire mes devoirs. Je gribouille sur ma feuille, perdu dans mes pensées. Je dessine un fil de fer tendu, avec une fille qui marche dessus. Une fille fine, souple, aux longs cheveux noirs. À l'autre bout du fil, un grand garçon brun semble hésiter. Mettre un pied sur le fil ou rester sagement sur le bord ?

Je soupire et décide de me coucher. Encore une question à laquelle je n'ai pas de réponse.

▲▼▲

Journée sans histoire à l'école. Après les cours, nous allons nager, Valérie et moi. Quand je la préviens que je ne serai pas au pont ce soir, mon amie m'adresse un sourire moqueur.

— Pas le genre de fille qu'on refuse de voir deux soirs de suite, Cassandre, hein !

Je me contente de sourire. Valérie me connaît trop bien ; inutile d'espérer lui cacher quoi que ce soit.

Une fois de plus, bouger me fait du bien. L'eau m'apaise, mes muscles se détendent. Je fais quelques longueurs, m'arrête sur le bord pour reprendre mon souffle. Valérie me rejoint.

— Le premier rendu au plongeoir, Éloi ?

Cette fois, elle ne triche pas et plonge directement dans l'eau, m'éclaboussant généreusement au passage. Elle s'élance à toute vitesse. Je plonge à sa suite. Me rapproche, lui effleure les talons. Elle accélère, réussit à me distancer un peu. Je me concentre, je ne suis plus que mouvements, bras tendus, jambes battant l'eau. J'arrive au tremplin une fraction de seconde avant Valérie. Essoufflée, elle me concède la victoire :

— Tu es trop fort, Éloi. Bravo! Ça m'apprendra à vouloir être honnête. La prochaine fois, j'utilise la ruse.

Elle m'ébouriffe les cheveux, m'enfonce la tête sous l'eau et s'enfuit en nageant à toute vitesse. J'émerge, le temps d'entendre Valérie éclater d'un beau grand rire. Je replonge vers elle, bien décidé à la rattraper sous l'eau. Elle ne perd rien pour attendre!

▲ ▼ ▲

Je rejoins Cassandre à la pharmacie. Elle ne m'a rien dit cette fois non plus sur le plan de la soirée. Moi qui ne me préoccupe pratiquement jamais de ce que je porte, j'ai dû me changer dix fois pour me préparer à ce rendez-vous. Chemise? Non, trop sage. Camisole? Non, ne me ressemble pas assez. Chandail rouge? Non, trop voyant. Finalement, j'ai mis ma tenue classique: t-shirt noir et jeans bleu.

Cassandre n'est pas arrivée. Je fais les cent pas devant la pharmacie, la gorge serrée. Pourvu que cette soirée soit moins catastrophique que la dernière ! Je regarde ma montre : cinq minutes de retard. Je reprends ma marche. M'inquiète un peu : et si elle avait décidé de me faire payer mes deux refus et qu'elle ne venait pas ? Pas de panique, Éloi. Elle a quelques minutes de retard, c'est tout.

Enfin, je la vois approcher. Superbe, comme toujours. Troublante. Elle a attaché ses cheveux, ce qui est plutôt rare. Son visage est dégagé, pommettes rondes, yeux rieurs, lèvres rouges. J'aurais envie de la prendre dans mes bras, là, tout de suite, de la serrer bien fort contre moi, de poser mes lèvres sur les siennes. Je me retiens pour ne pas l'embrasser. Je tente d'avoir l'air détendu. J'espère que ça ne paraît pas trop que j'étais à deux doigts de la crise cardiaque tellement j'avais hâte qu'elle arrive.

— Salut !

— Salut, Éloi ! Contente que tu daignes m'honorer de ta présence…

Malgré l'ironie, le ton est taquin, pas méchant. Elle continue :

— J'ai une proposition. Ce soir, les amis tournent pour notre film. J'aurais envie d'y aller, bien sûr, mais si tu préfères laisser tomber, c'est comme tu veux. Je comprendrai si tu n'as pas envie d'essayer de les connaître vraiment. Je passe la soirée avec toi de toute façon !

J'hésite : lui dire que je voudrais passer la soirée seule avec elle ? On est loin du fil de fer qu'elle aime, j'imagine… Elle m'a dit clairement qu'elle avait envie d'y aller. Pourquoi ne pas leur donner une deuxième chance, à eux aussi ?

— Parfait, Cassandre. On va au tournage.

Elle me remercie d'un sourire éclatant, me prend par la main et se met à courir.

— Viens ! On a le temps !

Nous courons pendant quelques minutes à peine. Deux rues plus loin, deux garçons nous attendent, adossés contre leur voiture. Je m'arrête brusquement, interloqué.

— Je leur avais demandé d'attendre quelques minutes, au cas où…, explique Cassandre, très à l'aise.

J'ai du mal à me débarrasser de l'impression d'être manipulé. Elle savait que je dirais oui. Elle en était tellement sûre qu'elle avait déjà prévu le *lift*.

— Embarquez, lance un des garçons, le plus grand des deux. Moi, c'est Alex, grommelle-t-il en m'ouvrant la porte.

C'est déjà mieux que la dernière fois, au moins.

Je monte dans la voiture en soupirant. Dans quoi je m'embarque ? Je ne sais pas du tout où ils vont m'emmener ni ce qu'on va y faire. À côté de moi, Cassandre babille sans arrêt, tout excitée. Nous roulons une vingtaine de minutes, puis Alex s'arrête au McDonald's. J'imagine qu'il a faim, qu'il veut s'acheter quelque chose au service à l'auto. Mais non : il stationne la voiture et tout le monde descend. Un McDonald's ? C'est leur idée d'une soirée excitante ? Plus ça va, plus j'ai du mal à comprendre Cassandre.

Nous entrons dans le restaurant. Six autres de leurs amis sont déjà installés à une longue table, juste à côté de la section des enfants. Nous allons passer notre commande, puis nous les rejoignons. Je me contente d'un dessert. Je n'ai pas vraiment faim. Visiblement, tout le monde est très énervé. Il y a une espèce de frénésie dans l'air. Je ne peux pas croire que ce soit le fait d'être ici qui les excite ! Dès que nous sommes tous assis, une fille rousse dit :

— Bon, on attendait que vous soyez arrivés pour commencer.

Mon estomac se serre. Encore cette impression que tout était prévu. Que je ne prends aucune décision, avec Cassandre, jamais.

La rousse sort une caméra numérique de son sac avec un sourire.

— Qui commence ?

Tout le monde lève la main, sauf moi. Alex va chercher des pailles et les coupe avec un petit canif qu'il sort de sa poche. Chacun en prend une. Nous tirons à la courte paille. Les deux plus courtes commenceront le tournage. La rousse – j'apprends qu'elle s'appelle Ariane – et Nicolas, l'autre garçon qui était avec nous dans la voiture, sont les deux heureux élus.

— Je filme ! crie Ariane, toute con-tente.

Elle se lève, se dirige discrètement vers la section des jeux pour enfants, un enchevêtrement de tuyaux multicolores et de glissades aux couleurs vives. Nicolas la suit. Cassandre murmure :

— On doit rester assis ici ; si on y va tous, on attire trop l'attention.

Curieux, je tente néanmoins de voir par la vitre ce qu'ils fabriquent. Ariane tient la caméra dans sa main. Nicolas est placé devant elle, face aux jeux. Ariane nous regarde. Alex a la tête penchée sur sa montre. Il la lève soudain et articule « Go ! » J'entends Ariane répéter « Go ! », et Nicolas s'élance vers les tuyaux à toute vitesse. Ariane appuie sur un bouton de la caméra et se lance à la poursuite de Nicolas. À table, tout le monde est mort de rire. Un garçon que je me rappelle avoir vu l'autre soir se penche vers moi :

— Le résultat est hallucinant, je te jure ! On l'a déjà fait au Burger King et c'est nos meilleures scènes du film jusqu'à maintenant.

— C'est une idée de Platon, ajoute Cassandre.

Je demande :

— Il n'est pas là, Platon ?

— Non, répond Cassandre. Il… euh… il a eu des petits problèmes récemment et il se tient tranquille.

Tout le monde échange un sourire entendu. Bon, j'ai compris. Ça ne me regarde pas. Mais j'ai bien remarqué l'embarras de Cassandre chaque fois qu'elle parle de lui. Sa voix change, ses yeux brillent, son souffle se fait plus court. Exactement comme moi quand je parle d'elle.

J'insiste un peu et demande :

— C'est son vrai nom, Platon ?

Elle sourit.

— Non. C'est parce qu'il est dans une période philosophique et qu'il adore nous casser les oreilles avec ses théories ! La fameuse allégorie de la caverne, tu connais ? Il n'arrête pas d'en parler !

Honnêtement, je suis un peu étonné : un gars de quinze ans qui lit Platon ?

— Il a notre âge ?

— Non, répond Cassandre d'un ton impatient. Il est plus vieux.

Fin de la conversation. Elle ne dira pas un mot de plus sur Platon, je le sens. Une idée me trotte dans la tête, insistante : j'entends Valérie me dire que son frère s'intéresse aux livres philosophiques ces temps-ci. Qu'il a eu des ennuis avec la police…

Nicolas et Ariane interrompent ma réflexion. Ils reviennent à table, essoufflés, riant aux larmes. Nous tirons de nouveau à la courte paille. J'ai la paille la plus courte, c'est moi qui filme. Cassandre prend toutes les pailles de la main d'Alex :

— Je le fais avec Éloi.

Personne ne conteste. Je lui lance un sourire reconnaissant.

Tous les deux, nous nous rendons dans la section pour enfants. Je jette au passage un regard inquiet vers le comptoir : tous les employés sont occupés. Il y a beaucoup de clients et, à cette heure, aucun enfant. Personne ne nous regarde. Cassandre se place devant les jeux, me montre comment mettre la caméra en marche.

— Quand Alex va dire « Go ! », tu dois m'avertir. Je pars dans les tuyaux et tu essaies de m'attraper. Tu ne dois jamais arrêter de filmer, précise Cassandre.

Je jette un coup d'œil par la vitre. De l'autre côté, Alex articule : « Go ! » Je répète pour Cassandre. À la seconde près, elle s'élance. Caméra en main, je la suis.

Les tuyaux sont étroits et c'est difficile d'y marcher rapidement en tenant la caméra. Mais c'est fou ce que c'est amusant ! J'entends Cassandre courir dans les tubes de plastique au-dessus de moi. J'accélère le rythme, perds l'équilibre de temps à autre. L'œil rivé au viseur de la caméra, je me promène quelques minutes dans le labyrinthe en filmant les longs tuyaux vides. Cassandre apparaît soudain à l'autre bout d'un tunnel, tourne à droite. Je m'élance. La caméra saute dans ma main. Je me sens dans un vrai film d'action. James Bond à la poursuite d'une superbe brunette ! Je tourne à droite. Le tuyau se sépare en quatre embranchements. Trois tunnels et une glissade. Je tends l'oreille. Un éclat de rire me parvient de la glissade. Je serre ma caméra bien fort dans ma main droite et laisse mon corps glisser jusqu'en bas. J'atterris dans la piscine de balles, où Cassandre m'accueille en riant.

— J'ai gagné !

Quel superbe parcours ! Je n'ai qu'une envie : recommencer ! J'ai l'impression d'avoir sept ou huit ans et de faire une course à obstacles dans le gymnase de l'école.

— Génial, hein ?! me lance Cassandre dans l'objectif de la caméra.

Elle se lève, s'avance vers moi à travers les balles multicolores. Ses yeux sont brillants, troublants. Je tente de déposer la caméra sur le bord de la piscine de balles, mais Cassandre me dit d'une voix un peu enrouée :

— Pas le droit, Éloi. Il faut tout filmer !

Je garde l'appareil dans ma main. Cassandre est maintenant tout contre moi. Elle passe ses mains chaudes sur mes reins, dans mon dos, me serre contre elle très fort. J'ai du mal à avaler. J'ai chaud. Je suis terriblement excité. Cassandre prend la caméra, la tient à bout de bras dans sa main, tournée vers nous, et m'embrasse longuement, presque férocement. J'en perds l'équilibre, me retrouve couché dans les balles, Cassandre par-dessus moi, tous les deux riant aux éclats.

Elle se relève, éteint la caméra, replace ses cheveux et se dirige vers la sortie.

— Il faut laisser la chance aux autres, maintenant !

Je me relève à mon tour, le souffle court, les joues en feu. Je tremble un peu. J'essaie de reprendre contenance et je rejoins le groupe à table. Tous me sourient d'un air complice, mais personne ne fait de commentaires. Alex prend quelques pailles dans sa main et dit simplement :

— Deux autres joueurs !

Et le jeu continue. J'espère que ce n'est pas qu'un jeu pour Cassandre. Je ne peux m'empêcher d'y penser. Aurait-elle fini la course de la même façon, avec n'importe qui à la caméra, pour les besoins du film ?

Assez de questions, Éloi. Tu passes une soirée super, profites-en au maximum et tais-toi.

Chapitre 6
L'attente

Petit samedi matin trop tranquille à mon goût. J'essaie en vain de travailler dans mes livres d'école, que j'ai un peu négligés dernièrement, perdu dans mes rêveries et mes questionnements. Chaque fois que le téléphone sonne, je sursaute. Après la soirée d'hier, j'espérais que Cassandre m'appelle. Surtout après le fameux baiser dans la piscine de balles… J'ai passé la nuit à me rejouer cette scène. Sur une feuille de mon cahier de français, je vois le dessin griffonné avant-hier : la fille sur son fil de fer, le grand brun qui hésite. D'un geste vif, je biffe le grand brun au bord du fil et je le redessine directement sur le fil de fer, à mi-chemin entre le début du fil et la fille aux cheveux longs. Il a finalement décidé de foncer, je crois.

Une heure passe, puis deux. Je dîne machinalement en compagnie de mes parents, réponds à peine à leurs questions. Devrais-je appeler Cassandre ? Elle attend peut-être mon appel. Après tout, c'est elle qui m'a invité chaque fois. Aussitôt ma dernière bouchée avalée, je cours dans ma chambre, prends son numéro de téléphone que j'avais soigneusement rangé dans mon agenda et le compose d'une main nerveuse. Une voix féminine répond – sa mère, sûrement – et m'apprend que Cassandre n'est pas là. Je demande qu'elle me rappelle.

Je tourne en rond dans la maison. J'aurais envie de bouger, de courir, de sortir mon vélo, mais il pleut à verse. J'essaie de lire. De regarder la télé. Rien ne m'intéresse. Je n'ose pas aller naviguer dans Internet, je reste collé au téléphone, attendant que Cassandra rappelle.

Deux heures et demie après mon appel, le téléphone sonne. Je bondis sur l'appareil.

— Bonjour, Éloi ! lance une voix féminine que je connais très bien.

— Salut, Val !

— Oh… tu sembles fou de joie que je t'appelle !

— Mais oui, voyons ! Je suis toujours content de te parler, tu le sais.

Et c'est vrai, habituellement. Seulement, cette fois, je donnerais n'importe quoi pour parler à Cassandre, là, tout de suite. On n'embrasse pas ainsi quelqu'un si on n'envisage pas de sortir avec lui, non ?

— La pluie a diminué un peu, Éloi. Tu veux marcher jusqu'au pont ?

Je devrais bondir sur l'occasion. Quand je suis morose comme aujourd'hui, tourmenté, le pont arrive toujours à me calmer, à me rassurer. M'y asseoir avec Valérie, même sans parler, me fait toujours cet effet. Mais j'ai trop peur de manquer un appel de Cassandre, je ne veux pas quitter la maison.

— Viens plutôt ici, Val. Le ciel est encore trop sombre.

Valérie accepte, même si elle sait que j'adore marcher sous la pluie. Elle ne pose pas de questions et vient me tenir compagnie. Même quand je sursaute à chaque sonnerie de téléphone, elle ne fait pas de commentaires. L'après-midi s'étire mollement, nous regardons un film que mon amie a loué en venant ici. Mes parents invitent Valérie à souper. Pendant qu'ils discutent, je m'éclipse quelques minutes, cours à ma chambre. Visiblement, la mère de Cassandre a oublié de lui transmettre le message. Je suis complètement à l'envers, presque épuisé à force d'attendre de ses nouvelles. Je rappelle. Le téléphone sonne, une fois, trois fois, cinq fois. Pas de réponse. Je redescends à la cuisine. Il faut que je sorte d'ici, je vais devenir fou. Prends sur toi, Éloi : tu as déjà gâché ta matinée et ton après-midi à attendre, tu ne vas pas perdre ta soirée en plus ?

— Qu'est-ce que tu faisais, Éloi ? demande mon père.

— J'ai... euh... je téléphonais au service de météo. La pluie ne devrait pas reprendre ce soir. On va au pont, Val ?

Mon amie accepte, ravie. Nous marchons tranquillement jusque-là. Il n'y a vraiment personne au monde avec qui je sois aussi à l'aise que Valérie. Mais il n'y a personne au monde non plus qui me fasse autant d'effet que Cassandre. Debout sur la dalle mouillée, croquant graine de tournesol après graine de tournesol, Valérie et moi passons une belle soirée. Belle, mais beaucoup trop tranquille à mon goût. Je ne suis plus sûr d'avoir envie de passer mes samedis soir à jaser en mangeant des graines de tournesol. Que peut bien faire Cassandre ? La noirceur est tombée depuis longtemps quand Valérie me demande :

— Alors, belle soirée hier ?

Très belle, Val. Merci.

Je n'ose rien lui raconter. Comment dire à Valérie que nous sommes allés au McDonald's, que nous y avons tourné un film dans les jeux, que finalement une employée s'en est rendu compte et nous a expulsés et que tout s'est terminé chez Nicolas, à boire de la bière et à regarder le résultat du film ? Elle ne comprendrait pas. Elle trouverait ça bébé, peut-être même stupide. Et je crois bien que c'est ce que j'aurais pensé si quelqu'un m'avait raconté ce genre de soirée il y a quelques semaines. Mais il faut y être pour comprendre. Le plaisir, l'excitation, les fous rires. L'impression de vivre.

Comment lui expliquer que Cassandre a filmé le baiser dans la piscine de balles ? Nous en avons déjà parlé : pour Valérie, embrasser quelqu'un est quelque chose de profondément intime. Et pour moi aussi ! J'étais embarrassé de visionner cette scène avec tout le monde autour, mais également très fier. Cassandre, huitième merveille du monde, en train de m'embrasser, et pas du tout gênée de montrer ce baiser à ses amis… Les taquineries des copains, leurs commentaires : « Wouh ! Belle performance, Cass !… Tu défends bien ton rôle, Éloi », comment dire tout ça à Val ?

Je me contente de murmurer :

— Cassandre m'a embrassé.

Valérie se tourne vers moi, hausse les sourcils.

— C'est vrai ?

Aucun enthousiasme dans sa voix. Elle pourrait au moins être contente pour moi !

— Val... on dirait que tu es jalouse de Cassandre...

Valérie et moi, malgré notre entente exceptionnelle, nous ne pourrons jamais sortir ensemble. C'est très clair depuis longtemps. Nous en avons parlé. D'abord, il n'y a pas d'attirance physique entre nous, et surtout, on se connaît si bien que j'aurais l'impression d'embrasser ma sœur. Pourtant, on jurerait qu'elle est bel et bien jalouse de Cassandre. Valérie secoue la tête.

— Je ne suis pas jalouse du tout, Éloi. Chaque fois que tu rencontres quelqu'un, que tu tombes en amour, je suis toute contente pour toi, et tu le sais très bien. Cette fois, c'est différent.

— Pourquoi ?

— D'abord, parce que j'ai du mal à te reconnaître. Tu sembles un peu perdu, ces temps-ci, je me trompe? J'ai l'impression que le vrai Éloi n'est pas toujours là…

Inutile de répondre. Valérie sait lire en moi comme personne. Même si je niais, elle a raison, c'est évident. Je n'ai jamais été aussi mêlé de ma vie.

— Surtout, Éloi, cette fois c'est différent parce que je suis inquiète.

— Inquiète? Mais qu'est-ce qui t'inquiète tant que ça, Val?

Mon amie hésite. Pousse un long soupir. Finit par répondre:

— Plusieurs choses. Entre autres le fait que Félix aussi m'a dit que Cassandre l'avait embrassé.

LE PONT

Je suis résigné. Je ne peux qu'attendre. Mes poignets chauffent terriblement. Sous le bandeau qui me couvre les yeux, de grosses larmes se mettent à couler. À quoi bon m'acharner? Le silence est total. Plus personne ne rôde dans le coin. Personne. Et je sens les rails vibrer de plus en plus nettement. Le train est tout proche.

Un bruit léger me fait soudain sursauter. Des cailloux! Un bruit de pas dans les cailloux! Un dernier espoir, tout petit, me gonfle le cœur: pourvu que je n'invente pas tout ça. Toujours à genoux dans le gravier, je redresse mes épaules, grommelle sous mon bâillon, m'agite autant que les cordes qui me lient aux rails le permettent.

Je n'ai pas rêvé : le bruit de pas devient un bruit de course. Quelqu'un court dans les cailloux, encore assez loin du pont.

Chapitre 7

Le figurant

Je suis d'une humeur massacrante. Cassandre n'a pas rappelé. J'ai passé tout mon dimanche à l'attendre encore. Pas de nouvelles de Valérie non plus. Je l'ai quittée plutôt froidement samedi soir, en lui lançant seulement :

— Val, ma vieille, tu ne devrais pas croire tout ce que Félix te raconte.

J'arrive à l'école avec la nette envie de frapper le premier venu qui me tombera sur les nerfs. Mais la première venue n'est nulle autre que Cassandre, qui vient me rejoindre dans la cour.

— Salut, Éloi ! On tourne ce soir, si tu as envie de te joindre à nous. Rendez-vous à 20 h 30, dans la cour de l'école Les Coteaux. Tu sais où c'est ?

Bien sûr. C'est l'école secondaire de la ville voisine. Celle où Cassandre étudiait avant, probablement. J'arrive tout juste à bredouiller :

— Oui, OK. J'y serai.

Et Cassandre s'en va. Pas un mot sur la soirée de vendredi, sur le fait qu'elle ne m'a pas rappelé en fin de semaine, rien.

Je devrais être complètement en colère contre elle. Elle m'a gâché toute ma fin de semaine. Au lieu de lui en vouloir, je la regarde s'éloigner, adorable dans son jeans étroit et son chemisier noir serré, et je n'ai qu'une envie : sourire. Ce soir, je sors avec Cassandre.

▲ ▼ ▲

Plusieurs personnes sont déjà arrivées quand je fais mon entrée dans la cour. Près d'une douzaine. Je reconnais Alex, Nicolas, Ariane et quelques autres « acteurs » des scènes tournées au McDo vendredi dernier. Ils se tiennent tous à l'écart, dans un coin reculé de la cour, discrètement. Cassandre se détache du groupe et vient m'accueillir.

— J'avais oublié de te dire que tu pouvais inviter Valérie, Éloi.

— Merci, Cassandre, mais je ne pense pas qu'elle serait venue. Je pense… je pense qu'elle est un peu jalouse, en fait.

Le sourire moqueur de Cassandre me fait immédiatement regretter mes paroles. J'ai l'impression de trahir Valérie, ma meilleure amie. Je me déteste.

Cassandre s'éloigne en me disant :

— Je reviens tout de suite, Éloi.

Elle se dirige vers l'entrée de la cour, à la rencontre de… Félix et Cédric. Je n'arrive pas à y croire ! Que nous passions la soirée avec ses amis au lieu d'être seuls tous les deux, je peux le prendre. Mais de là à sortir avec son harem… Je serre les poings, luttant contre l'envie de partir. Cédric et Félix se mêlent au reste du groupe. Visiblement, ils connaissent déjà quelques-unes de ces personnes. J'ai la gorge serrée, l'esprit en déroute. Cassandre revient vers moi.

— Prêt pour le tournage ?

Je hoche simplement la tête. Elle fronce les sourcils, suit mon regard furieux posé sur Félix. S'approche davantage de moi, demande d'une voix un peu sourde, presque menaçante :

— Quoi ? Tu ne vas pas te mettre à être jaloux au moins ? Je n'appartiens à personne, Éloi. À personne. C'est clair ?

Puis, comme pour faire pardonner son ton dur, elle m'embrasse doucement, chuchote :

— Je suis contente de te voir. Tu m'as manqué.

Et elle s'éloigne, me laissant perdu dans son parfum incroyable. Quel enfant tu fais, Éloi ! Cassandre ne peut se tenir avec personne d'autre que toi, c'est ça ? Une petite crise de jalousie... Belle façon de commencer une relation.

Cassandre me tire de mes pensées en tapant dans ses mains. Elle s'adresse à tout le groupe sans toutefois parler trop fort.

— Le tournage va commencer. Ce soir, le grand Platon nous offre sa célèbre performance du prof Plouc... Suivez-moi.

Le sourire de Cassandre déborde de fierté. J'ai le « grand Platon » un peu en travers de la gorge, mais je me suis assez ridiculisé pour le moment… Cassandre est contente de me voir, elle m'a embrassé, que demander de plus ?

Tout le groupe se dirige vers l'arrière de l'école à la queue leu leu, sans dire un mot. Ariane est devant moi. Je lui demande à voix basse :

— Qui est le prof Plouc ?

— C'est monsieur Plourde, le prof de sciences de l'école. Il est toujours perdu, la tête dans les nuages, et après il nous bombarde d'examens complètement débiles. Personne ne comprend rien dans ses cours. Platon l'imite à merveille. Il est pareil, je te jure !

J'ai bien hâte de voir ce fameux Platon, qui me semble avoir de nombreux points communs avec François, le frère de Valérie… Dans la voix d'Ariane, la même intonation d'admiration. Peut-être que je me trompe sur Cassandre. Que Platon est simplement le « chef » de la gang et que tout le monde l'admire. Pas plus Cassandre qu'une autre. Ariane ajoute :

— Pour le film, Platon fait le prof Plouc et nous jouons les élèves. C'est pour ça qu'on avait besoin de beaucoup de monde ce soir. On veut remplir la classe le plus possible pour que ça ait l'air vrai.

Tempête d'émotions encore une fois : suis-je ici en tant que figurant ?! Parce qu'ils avaient besoin de beaucoup de monde ? S'ils avaient tourné une autre scène ce soir, est-ce que Cassandre m'aurait invité ?

Un après l'autre, les membres de notre groupe se font la courte échelle pour grimper sur le petit toit au-dessus du portique de l'école des Coteaux. Une fois sur le petit toit, il faut s'agripper à la fenêtre et monter sur le toit principal du bâtiment. Je ne suis pas sûr du tout de comprendre ce qui se passe, mais je leur emboîte le pas sans poser de questions, en bon figurant que je suis…

Tout le monde est rendu sur le toit plat de l'école. Cassandre murmure :

— Suivez-moi.

Elle contourne la cheminée et ouvre une porte dissimulée derrière.

— Ils ne la verrouillent jamais pour des raisons de sécurité, me murmure Ariane avant de s'engouffrer dans l'école.

J'hésite un peu : qu'est-ce que je suis en train de faire là ? J'entre par effraction dans une école… Trop tard pour reculer : laisse tomber les problèmes de conscience, Éloi. Après tout, nous ne sommes pas là pour démolir quoi que ce soit. Nous ne faisons pas vraiment quelque chose d'illégal…

Je suis les autres membres du groupe. Nous nous retrouvons tous assis dans une salle de cours. Cassandre, debout à l'entrée, filme les « élèves ». Des pas résonnent dans le corridor. Cassandre annonce :

— Attention, le cours va commencer. Voici monsieur Plouc.

Un étrange personnage fait son entrée : un homme assez grand, avec une épaisse barbe blanche et une crinière frisée, toute blanche aussi. Il porte de petites lunettes, marche un peu voûté, toussote sans arrêt. Voici donc le fameux Platon… Je dois avouer qu'il est excellent comédien, en effet. Pas moyen de savoir à quoi il ressemble sans cet accoutrement. L'illusion est parfaite. Tellement que je n'arrive pas à être sûr s'il s'agit ou non du frère de Valérie. Moi qui croyais être fixé ce soir...

Dans le groupe, tout le monde est mort de rire. Félix, Cédric et moi rions un peu moins. Tous les autres étudient sûrement à cette école-ci et, si j'en juge par leurs réactions, l'original doit ressembler beaucoup à ce prof Plouc. Le prof en question toussote, marmonne d'une voix éraillée en roulant exagérément ses r :

— Sorrrtez vos livrrres. Merrrci.

Il écrit quelques mots au tableau, s'adresse de nouveau à nous de la même voix rauque :

— Rrrangez vos livrrres. Merrrci.

Je ne suis pas particulièrement heureux de l'admettre, mais Platon est excellent. Vraiment très drôle. La scène continue avec une expérience. Le prof Plouc fait une démonstration, mélange divers ingrédients.

— Vous allez voirrr : le mélange devient tout verrrt quand j'y ajoute ces quelques gouttes.

Le liquide dans le grand bol de vitre devient aussitôt rouge. Je ris autant que les autres maintenant. Cassandre, debout contre la porte, n'a pas abandonné son poste de *camerawoman*. Elle filme tour à tour la démonstration du prof et la réaction des élèves.

— Enfin, la touche finale : quand je vais mettrrre cette petite poudrrre, tout va disparrraîtrrre instantanément.

Il verse quelque chose dans le mélange, et tout entre en ébullition. De gros bouillons se forment dans le bol, qui se met aussitôt à déborder. Je ne sais pas comment il fait, mais il est vraiment trop génial, ce prof ! Le liquide déborde en larges coulisses sur le plancher de la classe. Quel dégât… J'imagine qu'on va tout ramasser après.

Mais non. La scène est terminée, tout le monde se lève pour applaudir à tout rompre le comédien, qui salue son public et s'en va. Nous quittons la salle de cours. Je n'ose pas poser de questions sur les dégâts dans la salle. Personne ne semble s'en inquiéter. Je vais finir par croire Cassandre : je suis bien trop sage. À la porte d'entrée principale, Cassandre nous donne quelques consignes :

— Quand on ouvre la porte, le système d'alarme se déclenche. Prenez vos jambes à votre cou, parce qu'on doit tous sortir le plus vite possible. Le système est relié à la centrale de police. On a le temps de se disperser, mais ne traînez pas trop. Attention, un, deux, trois, go !

La porte s'ouvre. Une sirène retentit. Nous nous mettons tous à courir dans des directions différentes. Je fonce droit devant le plus vite possible. Après quinze minutes de course effrénée, je ralentis, reprends mon souffle. Je suis déjà loin de l'école. Plus de danger.

Encore une fois, la soirée est bien différente de ce que j'espérais. Je pensais avoir le temps de parler avec Cassandre après le tournage et je me retrouve à courir à fond de train au cas où la police arriverait. Mon cœur bat à tout rompre. Cassandre a raison : avant qu'elle arrive, je marchais sur une route de campagne calme. Je ne vivais jamais ce genre d'émotion. Me voici sur le fil de fer. Pour l'instant, je ne suis pas sûr de toujours aimer ça. Mais j'imagine qu'on s'habitue. Que le vertige finit par passer.

Chapitre 8

Rencontre avec Platon

Depuis plus d'une semaine, Valérie ne me parle plus. Le lendemain du tournage à l'école des Coteaux, elle est entrée dans la cour d'un pas décidé, est venue droit sur moi et m'a lancé d'une voix furieuse :

— Je ne suis PAS jalouse, Éloi. Compris ?

— Mais Val. , je…

Elle m'a interrompu d'un geste brusque, d'un ton tranchant que je ne lui connaissais pas.

— Je ne suis pas jalouse, et j'aimerais beaucoup que tu ne dises pas n'importe quoi sur moi à n'importe qui…

Sa voix s'est brisée, ses yeux se sont emplis de larmes. Elle m'a tourné le dos et ne m'a plus reparlé depuis.

Je n'arrive pas à comprendre pourquoi elle m'a dit ça. Est-ce Cassandre qui lui a parlé ? Pourquoi aurait-elle été lui raconter que j'avais dit ça ? Je ne sais même pas si la colère de Valérie me bouleverse, me laisse indifférent ou si je suis juste trop mêlé pour réagir. Il y a quelques semaines, je n'arrivais pas à imaginer une journée de ma vie sans Valérie. Et maintenant, je... maintenant je ne sais pas. On dirait qu'il n'y a que Cassandre qui compte. Elle me rend complètement fou. Une journée elle est adorable, les deux jours suivants elle ne me dit pas un mot.

Depuis l'école des Coteaux, je suis sorti avec elle et ses amis à quelques reprises. Parfois, avec eux, je m'amuse comme un petit fou. Par exemple, quand il fallait descendre une côte immense en patins à roues alignées pour le film. D'autres fois, je me demande vraiment ce que je fais là. Comme ce soir. Tout le monde s'est retrouvé chez Nicolas pour prendre une bière. Ou, plutôt, quelques bières. Soudain, Nicolas lance en réprimant un fou rire :

— Vous ne devinerez jamais pourquoi Alex n'est pas venu ce soir…

Tous les yeux se tournent vers lui.

— Je vous donne un indice : le petit nouveau, le *nerd*, Christophe…

Cassandre semble comprendre la première. Les yeux brillants, elle demande :

— Non ?! Vous ne l'avez pas fait ?…

Nicolas hoche la tête en riant, visiblement très fier de lui. Tout le monde éclate de rire, quelques-uns se lèvent et vont porter des billets de 5 $ à Nicolas. Je ne comprends plus rien.

Cassandre m'explique :

— Il y avait un labo avec des souris aujourd'hui. Hier soir, Nic et Alex nous ont dit qu'ils étaient sûrs que le nouveau était assez stupide pour… pour…

Elle éclate de rire comme si c'était la chose la plus drôle du monde :

— Pour manger des crottes de souris ! Les gars lui ont fait croire que c'était une sorte d'initiation pour pouvoir se tenir avec eux! On a parié: 5$ que le nouveau mangeait les crottes ou 5$ qu'il refusait.

Nicolas glousse:

— Il a accepté du premier coup! Le con!

Et Cassandre rit, rit à en perdre le souffle. Tout le monde autour aussi, chacun se paie la tête du nouveau. Moi, je ne ris pas. Je demande d'un ton dégoûté:

— Ce n'est pas dangereux, de manger ça?

— Mets-en, répond Ariane. Le prof l'a vu faire et le gars a été conduit directement à l'hôpital. Ça peut être toxique.

— C'est Alex qui a été accusé. J'ai dit que je n'avais rien à voir là-dedans et, comme monsieur Plouc m'aime bien, il m'a cru tout de suite.

Les rires redoublent:

— Tu t'en laves les mains en plus?!

— Ouais! Et Alex est suspendu de l'école pour trois jours.

Je n'en reviens pas. Faire manger des crottes de souris à quelqu'un et parier là-dessus... C'est cruel, complètement méchant et gratuit. Et je croyais que dans ce groupe il y avait une certaine « fidélité », une loyauté entre les membres. Nicolas est tout content que son ami se soit fait prendre à sa place. Moi, je ne laisserais jamais un ami être accusé de tout injustement ! J'aurais envie de m'en aller d'ici. De ne plus jamais y remettre les pieds. Mais ça voudrait dire renoncer à Cassandre, et je n'y arrive pas.

— Qu'est-ce qu'il y a, Éloi ? me demande justement Cassandre. Tu ne trouves pas l'idée bonne ?

Ses yeux se font plus durs, ils semblent m'évaluer. Je m'empresse de sourire :

— C'est excellent. Il fallait y penser !

Et tout le monde autour de s'exclamer sur l'ingéniosité de Nicolas et d'Alex.

Je suis complètement stupide. J'ai l'impression d'être prêt à n'importe quoi pour être des leurs. Je ne le trouve pas si ridicule, moi, le gars qui a mangé les crottes de souris. Si Cassandre m'avait demandé de le faire, qu'est-ce que j'aurais répondu ? Je suis mort de honte. Quelques minutes plus tard, je les quitte, me dirige à pas lents vers le pont. Il n'y a personne, évidemment. Sur la dalle de béton traînent quelques écales de tournesol. Je les regarde et, bêtement, j'ai soudain envie de pleurer. Je suis venu au pont trois fois cette semaine. Jamais personne. Valérie n'y vient plus. Elle me manque terriblement. Ce soir, j'aurais envie de parler de tout ça. De l'état dans lequel je suis. De la réponse stupide que j'ai donnée au lieu de leur dire que ces choses-là ne se font pas. Mais je suis tout seul. Personne à qui parler.

Tant pis pour l'orgueil mal placé, tant pis si j'ai à affronter la colère ou les commentaires de Valérie, je dois la voir. Je m'élance vers chez elle au pas de course. Elle habite tout près du pont, à quelques minutes à peine. Arrivé devant la porte d'entrée, j'attends un peu avant de sonner, le temps de reprendre mon souffle. Quelqu'un écoute de la musique très fort à l'intérieur.

Je me décide enfin à sonner. Pas de réponse. Deuxième tentative. Toujours rien. Juste comme je tourne le dos à la porte pour m'en aller, elle s'ouvre.

François, le grand frère de Valérie, apparaît, les yeux un peu rouges, un sourire étrange sur les lèvres. L'odeur qui s'échappe de la maison ne laisse pas de doute sur ce qu'il faisait avant que j'arrive : il était en train de fumer de la mari, comme il le fait beaucoup trop souvent, selon Valérie.

François me lance un long regard insistant. Peut-être est-ce l'effet de la drogue, tout simplement. À moins que Valérie ne lui ait raconté notre dispute ? Impossible : Valérie et lui ne se parlent pratiquement plus depuis des années. Ils sont aussi différents que tout ce qu'on peut imaginer et ne s'entendent sur rien. François est bien la dernière personne à qui elle se confierait.

— Salut, laisse enfin tomber François.

— Salut. Val est là ?

— Non.

Il n'ajoute rien, continue à me fixer de son regard lourd. Je ne me sens pas à l'aise du tout. Je marmonne :

— Bon, eh bien, je te laisse…

Je m'éloigne de quelques pas, mais François me rappelle :

— Attends, Éloi ! Tu t'es chicané avec Val, je pense ?

— Euh… oui. Un peu.

Je n'ai vraiment pas envie de parler de ça avec le frère de Val. Il ne m'a jamais causé de problèmes, je le connais très peu en fait, mais je n'ai pas non plus d'affinités avec lui. J'ai besoin de me confier, oui, mais pas à ce point-là ! François me regarde gravement de ses yeux rougis et murmure :

— Les choses ne sont pas toujours ce qu'elles paraissent, Éloi. Tu connais l'allégorie de la caverne ?

— La… le… l'allégorie ?!

Le sourire de François s'élargit. D'un seul coup, mes doutes sont confirmés. Même si je suis déjà convaincu de la réponse, je demande :

— Tu es Platon, c'est ça ?

François fait une révérence moqueuse.

— Pour te servir, bonhomme !

Il ajoute :

— Je dirai à Val que tu es passé.

La porte se referme.

Je m'éloigne lentement, la tête basse. J'entends soudain la porte se rouvrir. La voix éraillée de François me crie :

— En passant, Éloi, belle performance avec Cass dans la piscine de balles !

Évidemment, à cause du film, François, lui, connaît parfaitement toute l'histoire depuis le début. Mes idées se transforment en tempête. Moi qui pensais que Valérie était jalouse de Cassandre et m'inventait n'importe quoi sur son compte, qu'elle se mêlait de ma vie, c'est tout le contraire. Valérie ne m'a même pas dit tout ce qu'elle savait, probablement, justement pour ne pas se mêler de mes affaires.

Je repense à ses mises en garde, à ses conseils. Je me sens complètement ridicule, tout à coup. Tout ce que je disais à Cassandre était répété à François, qui se faisait sûrement un plaisir de le raconter à Valérie pour la blesser. Et Cassandre, dans tout ça ? Pourquoi ne m'a-t-elle rien dit ?

C'est ça, le vertige, Éloi ? Foutre ta vie en l'air, laisser tomber ta meilleure amie de toujours, être manipulé par une fille trop belle qui fait ce qu'elle veut de toi ? Cassandre. Il faut absolument que je parle de tout ça à Cassandre.

LE PONT

Quelqu'un court dans les cailloux et une voix féminine jaillit dans la nuit :

— Éloi, c'est toi ?

Je marmonne de nouveau à travers le bâillon. La voix reprend, inquiète maintenant :

— Éloi ? Qu'est-ce qui se passe ?

Je ne peux pas répondre. Les pas se rapprochent, je le sens. Elle ne doit plus être loin du pont. Mais le sifflement du train se rapproche aussi. Il est tout près. Il y a déjà un bon bout de temps que la cloche de la barrière du centre-ville a arrêté de sonner. Les muscles noués, les poignets brûlants, dégoulinant de sueur, tant à cause des efforts que j'ai faits que de la panique, je ne peux empêcher mon esprit de répéter sans cesse: «Vite, vite, dépêche-toi!»

Pourvu qu'elle arrive à temps.

Chapitre 9

Le tête-à-tête

Valérie ne m'a pas dit un mot aujourd'hui à l'école. Je n'ai pas osé aller lui parler, pas comme ça, à la sauvette, entre deux cours. Il est probable qu'elle n'a même pas eu mon message, de toute façon. Ça m'étonnerait beaucoup que François-Platon ait pris le temps de dire à sa sœur que je suis passé. D'abord, je dois régler la situation avec Cassandre, puis je pourrai tout arranger avec Valérie aussi.

J'attends Cassandre après les cours. Cette fois, pas d'échappatoire ou de sortie de groupe. Nous devons parler tous les deux. Seul à seule.

— Cassandre, il faut que je te parle.

Elle soupire, jette un œil à sa montre.

— Je n'ai pas beaucoup de temps, Éloi. Je dois travailler au montage du film.

Je ne réponds pas, me contente de la regarder avec insistance. Elle semble comprendre que c'est important, hausse les épaules.

— Bon, ça va, de quoi tu veux parler ?

Autour de nous, les élèves circulent. Valérie s'éloigne avec Cédric sans me saluer et sans même me jeter un regard. Félix, à l'arrêt d'autobus, a les yeux continuellement fixés sur nous. Non, pas question que nous nous parlions ici. Je songe un instant à inviter Cassandre au pont, mais j'aurais l'impression de trahir Valérie. Et j'ai encore trop de questions et de doutes à son sujet pour l'inviter à mon refuge secret.

— On va aller au parc, en face.

Elle me suit, la mine boudeuse. Visiblement, mademoiselle n'aime pas trop les discussions.

Je choisis le banc le plus isolé possible. Dès que nous sommes assis, je demande :

— Pourquoi tu ne m'as rien dit ?

Je m'attendais à ce qu'elle bredouille ou soit à tout le moins un peu mal à l'aise, mais c'est bien mal connaître Cassandre. Elle prend le temps de s'allumer une cigarette, très calme, puis se tourne vers moi avec ce petit sourire qui a le don à la fois de m'exaspérer et de me faire perdre la tête. J'aurais envie de l'embrasser. Hypnotisé par ses lèvres rouges, je dois me concentrer pour écouter sa réponse.

— Rien dit à propos de quoi, Éloi?

Le ton est moqueur, légèrement ennuyé.

— De Platon. Tu savais que c'était le frère de Val, tu lui répétais même ce que je te disais d'elle.

Visiblement, Cassandre n'a pas l'intention de nier, ni de s'excuser d'ailleurs.

— Bien sûr que je le savais. Mais tu ne m'as jamais rien demandé.

Toutes mes accusations restent bloquées dans ma gorge. Une fois de plus, elle réussit à me désarçonner. Elle a raison : elle n'a jamais menti sur l'identité de Platon. Je n'ai jamais demandé si je le connaissais. Je me mets à bredouiller.

— Oui mais… quand même… tu aurais pu me dire…

Elle garde un silence obstiné. Glacial. Prenant mon courage à deux mains, je continue néanmoins :

— Et puis tes amis, Cassandre… ce n'est pas toujours bien ce qu'ils font…

Elle se tourne vers moi, les sourcils froncés, l'air mauvais.

— Écoute, Éloi, tu es un grand garçon, non ? Je n'ai pas à te rendre de comptes, ni à te protéger, ni à jouer à la gardienne d'enfant. Tu fais ce que tu veux, je fais ce que je veux, c'est tout. Je ne t'ai jamais forcé à participer au film, tu y viens parce que c'est ton choix. Si tu n'aimes pas mes amis, personne ne s'oppose à ce que tu ne les fréquentes pas. Compris ? Si toi, tu as décidé de t'ennuyer toute ta vie, tu n'as pas à juger ceux qui font des choix différents.

À mon tour de garder un silence glacial, le temps de digérer tout ça. Je demande finalement :

— Alors c'est chacun pour soi ?

— Bien sûr ! Qu'est-ce que tu croyais ?!

— Pour toi, Cassandre, ce qu'on a vécu tous les deux ne veut rien dire, c'est ça ?

Son rictus moqueur me donne mal au ventre. Elle répète :

— Ce qu'on a vécu tous les deux ? Il ne s'est pratiquement rien passé, Éloi !

Le silence qui suit est le plus lourd que j'aie jamais vécu. Je revois les baisers de Cassandre. Ses caresses. Presque rien passé… Alors tout ça, pour elle, ce n'était rien. Je n'arrive pas à reprendre pied et à parler de nouveau. C'est finalement Cassandre qui se tourne vers moi et dit d'un ton presque gentil :

— Le problème, Éloi, c'est que tu prends tout beaucoup trop au sérieux. On n'a qu'une vie ! Tu ne peux pas t'en faire tout le temps comme ça. Eh bien oui, je t'ai embrassé ; je ne t'ai pas demandé en mariage pour autant ! Il faut que tu apprennes à profiter de ce qui passe sans toujours essayer de comprendre pourquoi tu agis ainsi, où ça te mènera, si c'est bien ou mal… Tu vois ce que je veux dire ?

Je hausse les épaules d'un air peu convaincu. Cassandre m'adresse alors un large sourire. Ses yeux se mettent à briller de cet éclat que je connais bien, qui me bouleverse chaque fois.

— Je vais t'expliquer un peu mieux, Éloi. Si j'ai envie de t'embrasser, par exemple, je n'ai pas à me demander si c'est bien, si je cherche une relation à long terme, pourquoi j'en ai envie. J'ai envie de t'embrasser, je le fais, c'est tout.

Elle passe sa langue sur ses lèvres et se penche vers moi. Puis elle m'embrasse, tout doucement d'abord, mais elle devient de plus en plus exigeante. Elle se met à me caresser comme elle ne l'a jamais fait. Je suis complètement en sueur, j'ai perdu tous mes moyens. Je ne peux que l'embrasser, la caresser, oublier toutes les questions, les principes, les résolutions. Elle murmure :

— Tu comprends, maintenant ?

Ma voix s'étrangle dans ma gorge. Je suis incapable de parler. J'avale avec difficulté, tente de contrôler un peu ma respiration, réussis à hocher la tête.

— J'ai une idée géniale, lance Cassandre d'un ton enthousiaste. Je vais nous filmer !

Elle se penche vers son sac, en sort la petite caméra numérique. Je reviens brutalement sur terre.

— Cassandre ! Je n'ai pas envie de tourner une scène du film… J'essaie de te parler pour de vrai. C'est important pour moi, ce qu'on vit, même si tu t'en fous, visiblement…

Elle penche la tête. Des larmes perlent à ses yeux. Elle cligne plusieurs fois des paupières, se mord les lèvres.

— Je ne pensais pas que tu me jugeais aussi mal, Éloi. J'avais envie de te filmer, de nous filmer ensemble, c'est tout. Ça n'a rien à voir avec le film.

Une larme coule sur sa joue. Je m'en veux terriblement ; c'est affreux d'avoir pu penser qu'elle voulait filmer ce baiser pour le film… Elle m'a pris au dépourvu. L'idée ne me serait jamais venue de nous filmer.

Je passe mes doigts sur sa joue pour essuyer les larmes. Ma voix est rauque quand je murmure :

— Désolé, Cassandre. Je ne voulais pas te faire de peine…

Elle lève son regard mouillé vers moi.

— Tu veux bien, alors ?

Même si je trouve la proposition bizarre, pourquoi pas, après tout ? Dès que j'ai accepté, elle remet la caméra en marche, la tient à bout de bras orientée vers nous deux et dit :

— C'est la première fois que je me filme en train d'embrasser quelqu'un – en dehors du film, je veux dire. Au fond, c'est peut-être plus important que je veux bien l'admettre, nous deux…

Mon cœur bondit. J'en frissonne. Elle lance d'un ton badin vers la caméra :

— Quand j'étais petite, je rêvais de devenir comédienne. C'est probablement pour ça que la caméra me fascine autant. Et toi, Éloi, tu voulais être quoi ?

— Un superhéros.

Je n'ai pas réfléchi. La réponse est venue toute seule. Pendant des années, j'ai voulu être Batman. Cassandre doit me trouver ridicule. J'explique :

— Je voulais voler, sauver les gens, échapper à des situations désespérées…

Cassandre ne rit pas de moi. Elle dit simplement :

— Ça ne m'étonne pas de toi. Éloi, le grand redresseur de torts !

Elle jette un œil coquin à la caméra toujours braquée sur nous et lance :

— Où on en était avant cette discussion, déjà ?

Elle se remet à m'embrasser, elle est vraiment déchaînée cette fois. Elle se colle contre moi, me rend complètement fou. J'ai choisi le banc le plus isolé du parc, mais quand même ! Nous sommes dans un lieu public... C'est un peu gênant. Je tente de m'assurer que personne ne se rince l'œil dans les environs. Elle me jette un regard moqueur :

— Tu préfères que j'arrête ?

Surtout pas ! Je ne peux pas imaginer qu'elle s'arrête. J'ai envie d'elle, je voudrais qu'elle m'embrasse toujours. Je murmure d'une voix rauque :

— On pourrait aller ailleurs, non ?

Elle s'éloigne, éteint la caméra et s'exclame :

— C'est vrai ! Je dois aller ailleurs, en effet. On m'attend pour le montage. Il faut absolument que je parte !

En trois bonds, elle est partie. Je n'arrive pas à y croire. Je me retrouve seul sur ce banc, excité comme je ne sais pas quoi. Et, il faut bien l'avouer, avec guère plus de réponses à mes questions.

Chapitre 10
Le gala

Cassandre n'était pas à l'école cet après-midi mais, avant de partir, elle m'a laissé une note sur ma case. Je l'ai trouvée au retour du dîner. Une note qui m'invitait à une soirée très spéciale chez Alex, ce soir, à 21 heures. Ça m'intrigue, je l'avoue. Mais ça m'effraie aussi un peu. Cassandre a beau dire, ce groupe-là a parfois des idées étranges. Quoi qu'il en soit, une invitation de Cassandre se refuse difficilement...

J'arrive chez Alex, qui habite la maison où j'ai passé ma première soirée avec Cassandre. Je grimace à ce souvenir. Je sonne. Personne ne répond. Je sonne de nouveau, avec le même résultat. J'ouvre la porte; elle n'est pas verrouillée. J'imite le comportement de Cassandre à notre première sortie et descends l'escalier.

Tout le groupe est là, plus amoché que jamais. Je ne les ai jamais vus dans un tel état. Tout le monde a les yeux rouges, vitreux, et une odeur insistante de bière flotte dans l'air. On m'a invité pour 21 heures, mais visiblement leur soirée commençait beaucoup plus tôt. Quelques-uns me saluent, Cassandre, qui est en pleine discussion avec Platon, me fait un geste de la main. On sonne à la porte. Personne ne réagit. Je vais ouvrir et me retrouve face à face avec Félix, qui semble au moins aussi surpris de ma présence que moi de la sienne...

Nous descendons l'escalier. Cassandre se lève, chancelante, la bouche pâteuse, les cheveux en désordre.

— Tout le monde y est. Le gala peut commencer.

Tous se mettent à applaudir, siffler, crier. Un gala? Je ne sais pas du tout de quoi il est question. Félix me jette un regard interrogateur.

— Le montage du film est terminé, reprend Cassandre, et la sélection est faite. Les enveloppes, s'il vous plaît !

Ariane se lève en titubant et tend à Cassandre une pile d'enveloppes. Je remarque dans un coin du sous-sol un immense téléviseur qui ne s'y trouvait pas la dernière fois.

— Nous accordons d'abord les prix, puis nous regarderons le film en entier. Je sais combien vous êtes impatients ! Attention, roulements de tambour… Dans la catégorie Rôle principal masculin, le gagnant est… Platon, pour le rôle du prof Plouc !

Tous applaudissent chaudement. François-Platon se lève et fait une révérence. Nicolas appuie sur une touche et la scène apparaît sur le téléviseur. L'arrivee du prof Plouc, son expérience ratée… C'est très drôle, et le montage est vraiment réussi. Ça promet d'être une soirée sympathique ! Cassandre reprend :

— Dans la catégorie Rôle principal féminin, la gagnante est…

Elle ouvre l'enveloppe, feint une surprise exagérée :

— Moi-même, votre humble animatrice, pour le rôle de la pickpocket !

Cassandre apparaît à la télévision, filmée de loin, comme à travers une vitre. Elle est en grande discussion avec un commis dans un magasin, dans le coin des bijoux, je pense. Elle parle au gars, lui pose parfois la main sur le bras, joue de tous ses atouts. Le commis rit, se penche vers elle quand elle lui parle doucement. Pendant toute la scène, on voit Cassandre tendre le bras discrètement dès que le garçon est penché vers elle et se remplir les poches. Autour de moi, tous rient aux éclats.

— T'es vraiment la reine, Cass ! Incroyable !

La reine, oui... Les paroles de Valérie me reviennent en tête. La scène du vol me met très mal à l'aise. Cassandre, au contraire, semble en être très fière. Elle se lève, toujours aussi soûle, brandit une enveloppe en criant :

— Prix de la scène la plus chaude !!!

Tout le monde se met à hurler. C'est à coup sûr le prix le plus attendu.

— Dans la catégorie Rôle de soutien masculin pour la scène la plus torride, le gagnant est… Tiens ! deux gagnants *ex æquo* ! Un premier gagnant : Éloi !

Tout le monde rit, certains me tapent sur l'épaule. La scène de la piscine de balles, sans doute… Mais ce n'est pas du tout ce que je pensais. À l'écran, on nous voit assis sur un banc, Cassandre et moi. Elle dit en regardant la caméra :

— C'est la première fois que je me filme en train d'embrasser quelqu'un – en dehors du film, je veux dire. Au fond, c'est peut-être plus important que je veux bien l'admettre, nous deux… Quand j'étais petite, je rêvais de devenir comédienne. C'est probablement pour ça que la caméra me fascine autant. Et toi, Éloi, tu voulais être quoi ?

Je réponds :

— Un superhéros. Je voulais voler, sauver les gens, échapper à des situations désespérées…

— Ça ne m'étonne pas de toi. Éloi, le grand redresseur de torts !

Autour de moi, les amis de Cassandre n'en peuvent plus de rire. Je serre les poings. Je lutte de toutes mes forces. Je ne suis pas d'un naturel violent mais, cette fois, je pourrais la frapper, je pense. J'ai du mal à avaler, une envie folle de pleurer. Je regarde Cassandre pour tenter de bien lui faire voir mon mépris. Elle ne baisse pas les yeux, frondeuse, m'adresse un sourire cruel en me montrant la télévision :

— Attention, Éloi, tu manques le meilleur !

Sur l'écran, Cassandre est à moitié couchée sur moi, sur le banc, et m'embrasse avec force.

— On a les mains baladeuses, Éloi ! crie Ariane, pour le plus grand plaisir de tous.

Valérie avait raison : Cassandre est la reine. Mais je ne suis pas le roi de son jeu d'échecs. Je suis le fou. Pas le fou du roi, le fou de la reine. Humilié comme jamais, je voudrais me lever, m'enfuir d'ici, disparaître à jamais. Mais je reste planté là, incapable de réagir. Je suis si crispé que je me demande si j'arriverai jamais à bouger de ce fauteuil.

Et ce n'est pas terminé. Le gala continue. Cassandre annonce :

— Le deuxième gagnant *ex æquo* catégorie Rôle de soutien masculin pour la scène la plus torride : Félix !

Nicolas appuie sur une touche. Cassandre est en train de dire :

— C'est la première fois que je me filme en train d'embrasser quelqu'un. Tu vois bien que c'est important, nous deux…

Devant elle, Félix a les joues rouges, les yeux brillants. Il passe une main tremblante dans les cheveux de Cassandre et dit d'une voix rauque :

— Je t'aime, Cassandre…

Dans le sous-sol de la maison, chez Alex, la foule est en délire. Tout le monde hurle, comme si personne n'avait jamais rien entendu d'aussi drôle. Les commentaires fusent de partout. À côté de moi, Félix pleure. Personne ne s'en occupe. Cette fois, c'est trop. Je me lève et hurle plus fort que tous les autres pour couvrir leurs sarcasmes :

— C'est drôle, hein ? Vous aimez ça rire des autres ? Vous faites pitié… Votre vie doit être complètement vide de sens si vous avez besoin d'être si méchants pour vous amuser.

Cassandre fait quelques pas vers moi, si soûle ou gelée qu'elle a du mal à marcher droit.

— *Hey*, Batman, calme-toi un peu.

Les autres renchérissent :

— Le grand défenseur des faibles est au boulot !

Une voix que je ne reconnais pas crie :

— J'ai une idée pour la scène finale du film ! On met Batman à l'épreuve !

Platon éclate de rire :

— Génial ! De toute façon, dans les émissions, il se sort toujours de toutes les situations !

— Qu'est-ce qu'on fait ? On l'enferme dans une pièce avec de l'eau qui monte ? On lui envoie le Pingouin ou le Joker ?

— On l'attache sur une voie ferrée, propose Nicolas d'un ton hystérique.

J'ai beau me débattre, tenter de me sauver, rien à faire : ils s'emparent de moi. Alex va chercher un rouleau de corde et on m'attache les chevilles et les poignets. Pendant que les gars me tiennent cloué au sol, Cassandre s'avance vers moi, enlève le foulard noué sur ses cheveux et le met sur ma bouche. Ariane attache le sien de façon à ce qu'il couvre mes yeux. J'entends Félix hurler :

— Arrêtez ! Vous ne pouvez pas faire ça !

Nicolas demande méchamment :

— C'est toi qui vas nous en empêcher, don Juan ?

Un bruit de bousculade, de corps qui tombe. Ils ont frappé Félix, j'en suis sûr. La dernière chose que j'entends avant qu'on me balance sur le siège arrière d'une voiture, c'est la voix de Platon :

— J'ai un *spot* génial pour la voie ferrée. Une place pas loin de chez nous. C'est là que ma sœurette et Batman refont le monde tous les soirs…

Sur le siège de la voiture, je me débats de toutes mes forces, je donne des coups de pied, m'agite désespérément.

Quelqu'un me donne un coup sur la tête. Ça tourne, puis tout devient noir autour de moi.

LE PONT

Des voix s'éloignent dans la nuit; j'entends des cris, des rires, des chuchotements. Puis, plus rien. Je suis seul, les mains liées, les yeux bandés. Je n'arrive pas à y croire. Comment puis-je me retrouver dans une situation pareille ?! Je n'ai qu'une envie : pleurer à chaudes larmes. Pour l'instant, ça ne servirait à rien. Et, surtout, je n'ai pas une minute à perdre. Ou, plutôt, pas une seconde...

Des cloches sonnent à ma droite. Depuis que j'ai sept ou huit ans, je me réfugie chaque soir sur le pont où je suis présentement, alors je sais parfaitement ce que ça veut dire. Le centre-ville est situé à quelques kilomètres de ce pont. Quand le train arrive au centre-ville, une barrière s'abaisse au croisement pour empêcher les voitures de passer et une cloche retentit. Si on est très attentif, en posant sa main sur le rail, on sent une petite vibration. Le message est clair : le train approche. S'il est déjà au cœur de la ville, il sera ici dans une dizaine de minutes. Pas plus. Je suis complètement coincé ; on m'a bâillonné et, avec ce bandeau sur la bouche, je ne peux même pas appeler à l'aide. Le pont sur lequel passe la voie ferrée est très étroit et traverse la rivière. De chaque côté des rails, quelques centimètres à peine, puis le vide. Je suis à genoux sur les quelques centimètres en question. Si je m'agite, mon corps se retrouvera suspendu dans le vide, les mains attachées aux rails. J'ai soudain une folle envie d'abandonner et d'arrêter de faire des efforts.

Je n'arrive pas à y croire. J'ai envie de hurler de rage. Tout ça à cause d'elle.

Je n'ai plus la force… Je vais abandonner… Un dernier rire au loin me fait sursauter. Ah, on s'amuse ?! La situation est drôle ? Non, Éloi, n'abandonne pas. De rage, je redouble d'ardeur. Chaque mouvement me blesse davantage. Mes deux mains sont attachées par une corde rugueuse à la voie ferrée. Plus je tire, plus la corde brûle ma peau. Je suis à genoux sur les cailloux et je connais parfaitement les lieux : je sais que si je fais un mouvement brusque, je tombe. Ma gorge se bloque. J'ai du mal à respirer. La panique monte, monte… D'abord, me calmer. Réfléchir. Me sortir d'ici.

Je respire profondément à plusieurs reprises. Je ne peux pas voir, évidemment, puisque j'ai les yeux bandés, mais je sais que mes poignets saignent. J'ai trop tiré sur la corde rêche. Réfléchis, Éloi, réfléchis…

Le train est passé au centre-ville il y a trois ou quatre minutes – si mes calculs sont bons. La panique me fait peut-être mal juger, aussi. Il peut s'être écoulé quelques secondes à peine depuis le signal d'arrêt de la barrière, tout comme huit ou neuf minutes ont pu passer. Ce qui voudrait dire que le train va arriver d'une seconde à l'autre… Mais non, pas d'affolement inutile : je n'entends rien, à peine si je sens vibrer les rails. Le train est loin. J'ai encore cinq ou six minutes pour me sortir du pétrin. Incroyable comme ça paraît court, cinq ou six minutes, quand on est agenouillé près d'une voie ferrée, les poings liés, les yeux bandés, la bouche bâillonnée.

Je ne sais plus quoi faire… Libérer mes mains ? Impossible. Si je continue à tirer ainsi sur la corde, je ne réussirai qu'à arracher la peau de mes poignets et je saignerai encore plus. Les nœuds sont trop serrés, je ne peux pas les défaire. Compter sur l'arrivée d'un sauveur ? Impossible. Personne ne vient jamais ici. Valérie n'y a pas mis les pieds depuis des jours. Des jours qui me paraissent des siècles aujourd'hui. Le seul sauveur probable serait un de ces idiots qui m'ont attaché ici, mais je n'entends plus rien. Ils se sont bel et bien éloignés. Personne n'est revenu sur ses pas pour me détacher. Personne.

Dernière hypothèse, la seule qui tienne la route : minimiser les dégâts. Je dois cesser de me débattre. Heureusement, ils ne m'ont pas couché sur la voie ferrée. Je suis à genoux. Si j'arrive à maintenir les mains hors des rails et à me recroqueviller pour garder mon équilibre, afin de ne pas être projeté en bas du pont, je peux peut-être m'en sortir. Rien n'est moins sûr, mais ce n'est pas comme si j'avais d'autres possibilités… J'ignore si c'est réaliste de croire que la pression exercée par le train ne projettera pas mon corps en bas du pont. Mais je devrais être fixé bientôt.

Plus que trois ou quatre minutes avant l'arrivée du train. Si mes calculs sont bons…

Je suis résigné. Je ne peux qu'attendre. Mes poignets chauffent terriblement. Sous le bandeau qui me couvre les yeux, de grosses larmes se mettent à couler. À quoi bon m'acharner ? Le silence est total. Plus personne ne rôde dans le coin. Personne. Et je sens les rails vibrer de plus en plus nettement. Le train est tout proche.

Un bruit léger me fait soudain sur-sauter. Des cailloux! Un bruit de pas dans les cailloux! Un dernier espoir, tout petit, me gonfle le cœur: pourvu que je n'invente pas tout ça. Toujours à genoux dans le gravier, je redresse mes épaules, grommelle sous mon bâillon, m'agite autant que les cordes qui me lient aux rails le permettent.

Je n'ai pas rêvé: le bruit de pas devient un bruit de course. Quelqu'un court dans les cailloux, encore assez loin du pont. Quelqu'un court dans les cailloux et une voix féminine jaillit dans la nuit:

— Éloi, c'est toi?

Je marmonne de nouveau à travers le bâillon. La voix reprend, inquiète maintenant:

— Éloi? Qu'est-ce qui se passe?

Je ne peux pas répondre. Les pas se rapprochent, je le sens. Elle ne doit plus être loin du pont. Mais le sifflement du train se rapproche aussi. Il est tout près. Il y a déjà un bon bout de temps que la cloche de la barrière du centre-ville a arrêté de sonner. Les muscles noués, les poignets brûlants, dégoulinant de sueur, tant à cause des efforts que j'ai faits que de la panique, je ne peux empêcher mon esprit de répéter sans cesse : « Vite, vite, dépêche-toi ! »

Pourvu qu'elle arrive à temps.

Elle est tout près maintenant. Valérie, évidemment ! Il n'y a que sur elle que je peux toujours compter, que j'ai toujours pu compter. Elle arrive, elle y est !

— Il faut se dépêcher, dit-elle d'une voix tremblante. Le train est tout près. On l'entend clairement.

Elle arrache les foulards qui couvrent mes yeux et ma bouche, puis se jette sur la corde retenant mes mains. Elle a vite fait de la dénouer. Cette bande d'idiots n'a pas pris le temps de faire un nœud très compliqué... Je l'aide à défaire la corde qui lie mes chevilles et nous descendons avec difficulté la petite pente menant au sentier. J'ai les jambes complètement engourdies et je dois m'appuyer sur Valérie pour ne pas tomber. Je me sens faible, très faible.

Valérie me soutient et demande en pleurant :

— Mais qu'est-ce qui s'est passé, Éloi ? Qu'est-ce qu'ils t'ont fait ?

— Trop long à expliquer, Val. Je te raconterai. Toi, qu'est-ce que tu faisais au pont à cette heure-là ?

— Félix a perdu connaissance à votre soirée parce qu'ils l'ont assommé. Il a mis un moment à se réveiller, a regardé dans les parages mais n'a vu personne. Il m'a appelée, complètement paniqué, pour me dire qu'ils étaient partis avec toi. Il ne savait pas où. Il s'est rappelé qu'ils avaient parlé d'un train. Comme François était avec eux, j'ai tout de suite pensé au pont…

Des voix nous font sursauter. Des silhouettes approchent d'un pas titubant dans la nuit.

— Viens, dit Valérie. Il faut partir d'ici.

Trop tard, ils arrivent. Ils sont cinq. Cassandre est des leurs, évidemment. Elle lance d'une voix moqueuse :

— Touchant ! Robin a secouru Batman. Exactement comme à la télé…

— Je suis content que ça vous amuse. Profitez-en : vous pouvez être sûrs que je vais porter plainte pour voies de fait, et peut-être tentative de meurtre.

François-Platon éclate de rire.

— Tout de suite les grands mots, Éloi ! On s'en venait te libér…

Le hurlement du train qui passe couvre sa voix.

Un lourd et long silence suit. Je murmure :

— Vous seriez arrivés trop tard, je pense. Viens, Val, on s'en va.

La voix de Cassandre s'élève, dure, ironique :

— Ce n'est pas pour toi, le fil de fer, hein, Éloi ? Tu préfères la petite route tranquille…

Ses sarcasmes n'ont plus aucun effet sur moi.

— Je devrais te détester, Cassandre. Mais je te méprise seulement.

Cassandre fait trop pitié pour que je la déteste. J'ai compris quelque chose, ce soir : le fil de fer, c'est la vie. Je marche exactement sur le même fil que Cassandre, je peux vivre toutes les mêmes émotions, mais je choisis parfois de ne pas le faire. Il existe une théorie qui dit que le vertige, au fond, c'est l'attrait irrésistible de la chute.

— Toi, Cassandre, tu marches sur le fil avec l'envie de te tirer dans le vide. Moi, je marche sur le fil en équilibre. Ce n'est pas moi qui ai le vertige. C'est toi. C'est toi qui as peur de la vie. Moi, je n'ai pas envie de sauter dans le vide.

Elle bredouille, tente de répondre, n'y arrive pas.

Je reprends appui sur Valérie, leur tourne le dos et m'en vais à pas lents. Derrière, la reine et sa cour ne disent plus un mot. Échec et mat. Le fou ne joue plus.

MARTINE LATULIPPE

Martine Latulippe est l'auteure de plus de soixante-dix romans et cumule les prix et les honneurs. Elle s'adresse aussi bien aux tout-petits qu'aux adolescents avec des histoires d'humour ou d'action; des récits intenses et dramatiques ou débordants d'imagination. Au fil de nombreuses animations, elle rencontre ses lecteurs aux quatre coins du pays. Chez Québec Amérique, en plus de ses suspenses pour ados et de son album pour les plus jeunes, sa populaire série *Julie* permet de découvrir les légendes québécoises en compagnie d'une Julie curieuse.